매월당시
서예산책

試向江頭理釣絲荻花楓葉正離披人間
屢見鼎沈勢物外罕逢榮辱時白鳥去
遠秋色老青山斷靄夕陽遲和艤欲和
滄浪曲雅志終難與世移

매월당시
서예산책

金泰洙

한국학술정보(주)

책머리에

서예는 문자나 문장을 미학적美學的으로 승화하려는 문자예술文字藝術이다. 서예의 주主인 한문 서예는 한자·한문과 분리될 수 없으며, 특히 절제節制된 언어로 함축적으로 표현한 한시는 질적 양적으로 다양하고 풍부하여 서예술書藝術에 매우 적합하다. 이러한 점에 착안하여 이 책은 한시와 서예의 만남으로 명산名山을 편력遍歷하며 인생과 자연을 노래한 매월당시梅月堂詩에서 100여 수 남짓 가려 숨결을 불어넣으려 하였다. 아울러 자구字句에 충실한 풀이와 상세한 주注를 달아 시를 이해하며 서예를 감상하는데 주안점을 두고 '매월당시 서예산책 梅月堂詩 書藝散策'이라 이름하였다.

서예는 내용과 형식의 조화를 추구하는 형이상形而上의 예술이다. 형식적인 면은 다양한 선과 점으로 이루어진 문자의 결구미結構美, 문자와 문자가 만날 때의 구성미構成美, 운필의 지속완급遲速緩急과 먹의 농담윤갈濃淡潤渴 등으로 빚어내는 조화미調和美를 들 수 있다. 이들은 작가의 서체書體 취향, 학습하여 익힌 기량, 미적 감각 등과 내재된 인격과 작품 당시의 정서와 기분이 복합적으로 작용하여 드러난다. 그리고 이상적 경지는 꾸밈없이 그대로 나타나는 천진난만天眞爛漫의 발로이다.

시인에 의하여 창조된 한시는 오늘날 역자譯者에 의해 번역되고 독자에 의하여 재해석된다 할 수 있다. 한시의 번역은 자구를 놓치지 않고 시인이 추구하고자 하는 바를 손상시키지 말아야 함을 생명으로 삼는다. 그리고 언어를 변형시켜 완곡하고 함축적인 표현을 단순한 직역直譯이 아닌 시적詩的 번역은 창작 이상의 산고産苦가 있음은 주지의 사실이다. 그러나 자구에 얽매어 풀이하다 보면 시의 맛

6

이 떨어지고 시어를 다듬다보면 글자를 놓침은 한문과 한글의 차이에서 나타나는 점이기도 하다. 또한 역시譯詩만으로 보는 것과 원시原詩와 함께 보는 것은 많은 차이가 있어 한시는 그 자체로 대하여야 그 참맛을 느낄 수 있을 것이다.

물질 밖에서 노닐며 고답高踏, 초연超然하게 세상을 관조觀照하는 매월당의 시를 음미하며 정신은 풍요로워졌고, 문구를 다듬으려 애쓰지 않았지만 보석처럼 빛나는 시를 심해深解하며 천재의 문학적 정서에 매료되어 번뇌하기도 하였다. 한편 무시로 마음 저리게 와 닿는 시구와 시를 대하며 작품하는 순간은 보람이었다. 「畫意」의 "更無世緣來攪我 身心鍊到化嬰兒 다시 속세의 인연이 날 어지럽히지 않으니 몸과 마음을 닦아 어린아이가 되었네"의 '화영아化嬰兒'는 수양된 인격의 최고의 경지로 곧 서예에서 추구하는 묘경妙境인데 이 시어를 통해 예술세계의 지향점을 되새기는 계기가 되었고, 「偶成」의 "平生習氣消磨盡 未斷醉倒花下迷 평생의 버릇 닳아 없어졌지만, 꽃 아래 취해 눕는 버릇 아직 끊지 못하네"를 통해 비록 몸은 속세를 떠나 있었지만 현실을 도외시하지 못하는 선생의 인간적인 삶의 일면도 읽을 수 있었다.

몇 서체書體로 많은 내용을 다양한 형식에 어울리게 심수쌍창心手雙暢할 수 있으리라고 의욕적으로 출발하였지만 십여十餘 작품을 하고나서야 도법道法은 자연自然인데 인위적으로 하려는 어리석음을 실감實感하고 회의도 많았다. 막상 마무리하고 보니 작품의 아쉬움과 시에 대한 근원이 깊지 않아 부족함을 절실하게 느꼈다. 그러나 이러한 과정이 있어야 다음을 기약할 수 있고, 진정한 학문과 예술은 고독하지 않다는 사실을 깨달은 것으로 위안을 삼았다.

2007년 10월 逸樂齋에서

畔松 金泰洙

매월당 김시습

김시습金時習의 자는 열경悅卿이며 호는 청한자淸寒子·동봉東峯·벽산청은碧山淸隱·췌세옹贅世翁·매월당梅月堂이며 법명法名은 설잠雪岑이다. 1435년(세종 17년) 서울 성균관 부근 사저私邸에서 출생하였으며 어려서는 생이지지生而知之한 바탕이 있어서 신동神童으로 이름이 높았고, 세종대왕의 장려獎勵를 받아 더욱 학문에 힘썼다.

15세 때 어머니를 여의고 외가에 내려가 의탁하던 중 3년이 못되어 외조모도 세상을 떠나고 상경했을 때는 아버지도 중병을 앓고 있었다. 이러한 가정적 역경 속에서 훈련원訓練院 도정都正 남효례南孝禮의 딸을 아내로 맞이하였으나 앞길은 순탄하지 못하였다. 이어 삼각산三角山 중흥사重興寺에서 글을 읽던 중 21세 되는 해에 단종이 수양대군에게 양위讓位했다는 소식을 듣고 통분하여 서적을 불사르고 그 길로 머리를 깎고 중이 되어 이름을 설잠이라 하고 방랑의 길을 떠났다.

이후 4년간의 관서지방 유람을 마치고 24세에 관동지방으로 들어가 2년간 유람을 하고 26세에 호남지방으로 내려갔다. 북으로 안시安市와 향령香嶺을 넘고 동으로 금강산과 오대산 등을 거쳐 남으로 다도해에 이르기까지 발자취가 이르지 않은 곳이 없었다. 21세부터 29세에 이르는 9년간 두루 명산을 편력遍歷하며 가슴 속에 뭉친 기운을 발산하며 ≪탕유관서록宕遊關西錄≫, ≪탕유관동록宕遊關東錄≫, ≪탕유호남록宕遊湖南錄≫등을 썼다.

1463년(세조 9년) 효령대군의 권유로 잠시 세조의 불경언해佛經諺解 사업을 도와 내불당內佛堂에서 교정 일을 보았으나 1465년(31세) 다시 경주 남산에 금오산실金鰲山室을 짓고 입산하였다. 2년 후 효령대군의 청으로 잠깐 원각사圓覺寺 낙성회에 참가한 일이 있었지만 누차 세조의 소명召命을 받고도 거절하였고, 금오산 용장사茸長寺 머물며 한국 최초의 한문소설 ≪금오신화金鰲新話≫를 지었다.

금오산에서 6~7년을 보내는 동안 세조, 예종에 이어 성종이 등극하여 널리 인재를 구하였다. 성종 2년(37세)에 서울에서 청이 있어 금오산실을 떠나 다시 서울로 돌아왔으나 이미 그와 교의가 두터웠던 사람들의 세상이 되어 있었다. 이러한 사실을 알고 이듬해 성동城東에 폭천정사瀑泉精舍를 복축卜築하고 그 곳에서 평생을 마치려 하였다.

1481년(성종12년) 47세에 환속하여 제문을 지어서 조부와 부친에게 제사지내고 안씨安氏의 딸을 아내로 맞았으나 아내가 세상을 떠나자 1483년 49세 때 다시 서울을 등지고 방랑의 길을 나섰다가 1493년(성종 24년) 2월 충청도 홍산鴻山 무량사無量寺에서 59세(1435~1493. 세종17~성종24)로 일생을 마쳤다. 이 후 1782년(정조 6년) 이조판서에 추증追贈, 영월寧越의 육신사六臣祠에 배향配享되었다.

매월당은 유교의 큰 뜻을 잃지 않고 선禪과 도道에 이르러서도 대의를 보아서 그 병 되는 바를 깊이 연구하였고, 특히 선어禪語를 좋아하여 현미玄微한 것을 밝혀냄에 재지才智가 뛰어나고 훌륭하여 막힘이 없었다. 그리고 세간世間의 여러 분야에 걸쳐 지적하여 말할 수 있는 것들은 문사文辭로 발發하여 수많은 저작을 남겼다. 특히 시학詩學에 대하여는 여사餘事라고 하였지만 격이 높고 생각이 오묘하고 뛰어나 흥을 보내고 회포를 말하는 것도 마음대로 붓을 내둘러 종이가 다하여야 끝마쳤다. 그리고 다 되면 곧 불태우곤 하였는데 남은 것들도 널리 펴져가는 동안에 흩어져 유작의 일부만이 오늘날 전하고 있다. 일찍부터 명성은 컸지만 하루아침에 세상을 도피하였고 마음은 유교이면서 행적은 불교라서 시대에 이상하게 보이며 방외方外의 삶을 살며 글에 붙인 높고 거룩한 문학은 오늘에도 살아숨쉬고 있다.

차 례

10

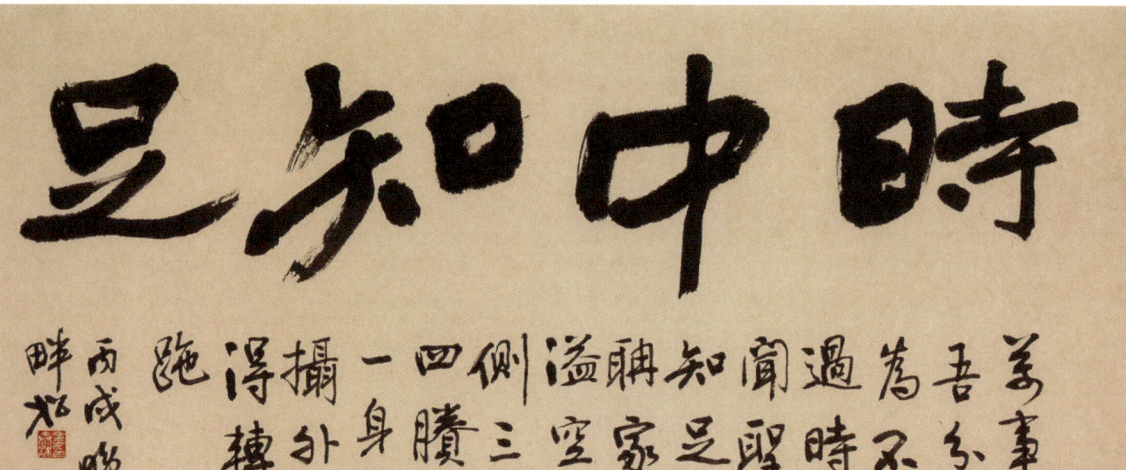

安分 70×35㎝

安 分

분수에 편안하다

萬事隨吾分	모든 일 내 분수를 따르려 하니
何爲不及過	어찌하여 못 미치거나 지나치겠는가
時中聞聖學	때에 맞게 사는 건 공자에서 들었고
知足得聃家	만족함을 아는 것은 노자에서 얻었네
滿溢空欹側	차고 넘치면 공연히 기울게 되고
三平四謄多	셋이면 평형되고 넷이면 많네
一身調攝外	한 몸을 알맞게 조절하는 것 외에
務得轉蹉跎	얻기를 힘쓰면 도리어 어긋나네 <권14. 27>

隨(수)따르다 聃(담)귓바퀴 없다 滿(만)차다. 가득하다 溢(일)넘치다 欹(기)기울다 側(측)곁. 기울다 賸(승)남다 調(조)고르다. 조절하다 攝(섭)당기다 務(무)힘쓰다. 일 轉(전)구르다. 더욱 蹉(차)넘어지다 跎(타)헛디디다

*한국문집총간 ≪매월당집≫을 대본으로 하였음
安分(안분) 분수에 편안하다
何爲(하위) 어찌하여. 어째서
不及過(불급과) 미치지 못하거나 지나침. *과유불급過猶不及－정도를 지나침은 미치지 못함과 같다
時中(시중) 때에 알맞게 하는 것. 그때그때의 사정에 알맞고 적절하게 행동하는 것. ≪중용中庸≫에 "君子之中庸也 君子而時中 군자의 중용은 군자로서 때에 알맞게 하다"고 하였다
聖學(성학) 성인이 진술한 학문, 곧 유학儒學
知足(지족) 만족함을 앎. 분수를 지켜 너무 탐내지 않음. ≪노자老子≫ "自勝者强 知足者富. 知足不辱 知止不殆 자기를 이기는 자는 강하고 족함을 아는 자는 부하다. 족함을 알면 욕되지 않고 그침을 알면 위태롭지 않다"는 말이 있다
聃(담) 노자老子의 시호諡號. 성은 이李, 이름은 이耳, 자는 백양伯陽. 도가道家의 시조로 자연의 법칙에 기초를 둔 도덕의 절대성을 역설하였음
滿溢(만일) 가득차서 넘음
欹側(기측) 기욺. 기울어짐
調攝(조섭) 알맞게 조절함. 몸을 보양保養함
蹉跎(차타) 발을 헛디뎌 넘어짐. 기회를 놓침

14

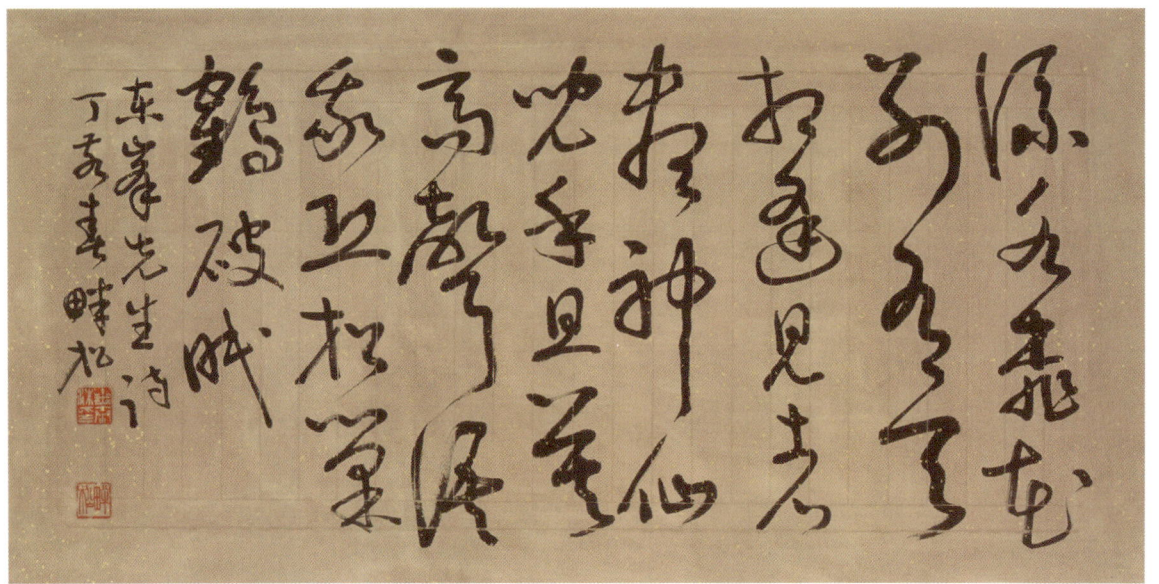

雜吟 67×33㎝

雜 吟
잡 음

流水桃花別有天　　복사꽃 물에 흐르는 별천지이니
相逢見者盡神仙　　서로 만나고 보는 이는 다 신선이네
兒乎且莫高聲語　　아이야 소리 높여 말하지 마라
我恐松巢鶴破眠　　소나무에 깃들인 학 잠깰까 두려우니　＜권15. 7＞

雜(잡)섞이다　吟(음)읊다　桃(도)복숭아　逢(봉)만나다　盡(진)다하다　兒(아)아이　莫(막)없다
·말다　恐(공)두려워하다　巢(소)집. 깃들이다　鶴(학)학　破(파)깨뜨리다　眠(면)잠자다

雜吟(잡음) 잡영雜詠. 여러 가지 사물이나 계절의 느낌을 읊은 시가詩歌
流水桃花(유수도화) 도화유수桃花流水. 복숭아꽃이 물 위에 떨어져 흘러감. 선경仙境·무릉도
원武陵桃源을 의미함
別有天(별유천) 별유천지別有天地. 딴 세상
兒乎(아호) 乎는 호격呼格

16

試向江頭理釣絲荻花楓葉正離披人間
屢見鼻沈勢物外罕逢榮辱時白鳥去
邊秋色老青山斷靄夕陽遲扣舷欲和
滄浪曲雅志終難與世移

東峯先生詩江頭
丁亥立夏畔松

江頭 70×205㎝

江 頭
강가에서

試向江頭理釣絲	강가에 낚싯줄 드리워 보니
荻花楓葉正離披	갈대와 단풍이 바로 흩어져 있네
人間屢見昇沈勢	인간에서 오르내림 당하는 형세 거듭되지만
物外罕逢榮辱時	세상 밖에선 영욕을 만나는 때 적네
白鳥去邊秋色老	백조 노니는 주변은 가을 빛 무르익고
青山斷處夕陽遲	청산 다한 곳엔 석양이 기우네
扣舷欲和滄浪曲	뱃전 치며 창랑곡에 화답하려하나
雅志終難與世移	고상한 뜻은 세상과 함께하기 어렵네 <권13. 9>

試(시)시험하다. 시험삼아 해보다　釣(조)낚시　荻(적)갈대　楓(풍)단풍　葉(엽)잎　披(피)헤치다. 흩어지다　屢(루)자주　昇(승)오르다　沈(침)가라앉다　勢(세)형세　逢(봉)만나다　罕(한)드물다　辱(욕)욕되다　遲(지)더디다　扣(구)두드리다　舷(현)뱃전　滄(창)차다. 물이름　浪(랑)물결　雅(아)바르다. 우아하다　移(이)옮기다. 변하다

江頭(강두) 강가
釣絲(조사) 낚싯줄
荻花(적화) 갈대의 꽃
離披(이피) 벌어져 열림. 꽃이 활짝 핌
昇沈(승침) 인생의 영고성쇠榮枯盛衰
物外(물외) 형태 있는 물건 이외의 세계. 속세俗世 밖의 세계
扣舷(구현) 뱃전을 두드리다
滄浪曲(창랑곡) 굴원의 어부사에 나오는 어부의 노래 "滄浪之水淸兮 可以濯吾纓 滄浪之水濁兮 可以濯吾足 창랑의 물이 맑으면 내 갓끈을 씻고 창랑의 물이 흐리면 내 발을 씻으리라"로 무슨 일이나 자연적으로 되어가는 대로 맡겨야 함을 노래한 것으로 세상이 다스려지면 벼슬에 나아가고 어지러우면 숨는다는 뜻
雅志(아지) 본래의 뜻. 고상한 뜻
與世移(여세이) 세상의 추이에 따라 행동함. 여세추이與世推移

民物似宋陳春深花木新杏梢
徑雨折柳眼遇風鞿地僻雲
烟古山幽物像真路逢巾杖去
疑是避秦人　東峰先生詩旌善途中
丙戌菊秋畔松

旌善途中　35×98㎝

旌善途中

정선 가는 중에

民物似朱陳	민풍은 주씨·진씨 마을과 비슷하고
春深花木新	깊은 봄이라 꽃과 나무가 새롭네
杏梢經雨拆	살구가지는 비를 맞아 터지고
柳眼遇風矉	버들개지 바람 따라 쫑긋하네
地僻雲煙古	땅은 외져 구름과 연기 옛스럽고
山幽物像眞	산 깊으니 만물 형상이 참되네
路逢巾杖者	길가다 두건 쓰고 지팡이 잡은 이 만나니
疑是避秦人	아마도 진의 난리 피해 온 사람이리라 <권12. 26>

旌(정)기 途(도)길 似(사)같다. 닮다 朱(주)붉다 陳(진)늘어놓다 杏(행)살구 梢(초)나무 끝
拆(탁)터지다 柳(류)버들 眼(안)눈 遇(우)만나다 矉(빈)찡그리다 僻(벽)치우치다. 후미지다
煙(연)연기 幽(유)그윽하다 巾(건)두건 杖(장)지팡이 疑(의)의심하다 避(피)피하다 秦(진)
진나라

途中(도중) 길을 가고 있는 중
朱陳(주진) 강소성江蘇省 풍현豐縣의 동남에 있는 마을. 朱와 陳 두 성姓이 사이좋게 지냈으
므로 전轉하여 두 집안이 통혼通婚하여 통호通好함
物像(물상) 물체의 모습
雲煙(운연) 구름과 연기. 구름과 안개. 전轉하여 먼지·구름·안개 등이 자욱이 피어오르는 모습
疑是(의시) 의심컨대 ~일 것이다
避秦人(피진인) 진나라 때에 난세를 피하여 무릉도원武陵桃源으로 간 사람. 곧 이곳이 무릉도
원임을 뜻함

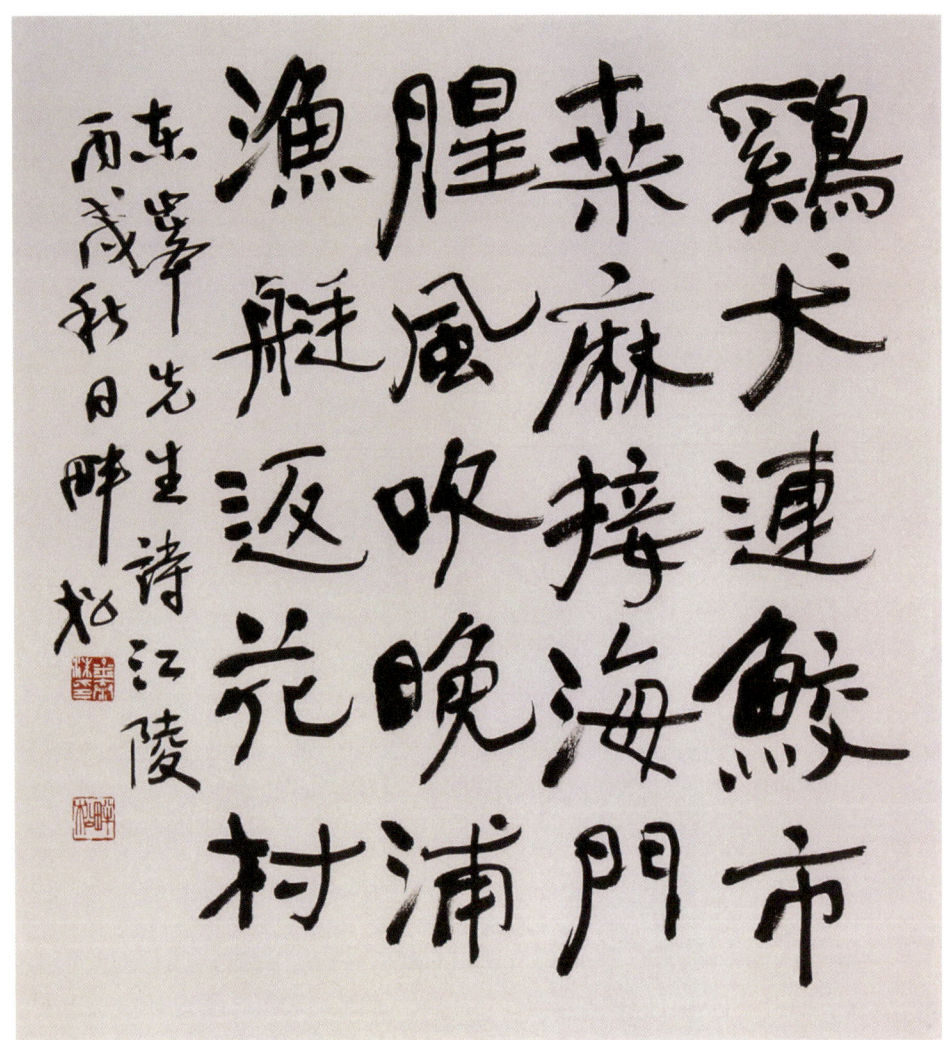

鷄犬連鮫市
菜麻接海門
腥風吹晚浦
漁艇返花村

丙戌秋日畔松東岸先生詩江陵

江陵 46×50㎝

江 陵
강릉에서

鷄犬連鮫市	저자에는 닭 울음과 개 짖는 소리 이어지고
桑麻接海門	바닷가에는 뽕나무와 삼나무 널려있네
腥風吹晚浦	비린 바람이 저물어가는 포구에 불고
漁艇返花村	고깃배는 꽃마을로 돌아오네 <권10. 22>

陵(릉)언덕 鷄(계)닭 連(연)잇다 鮫(교)상어. 교룡 桑(상)뽕나무 麻(마)삼 接(접)사귀다.
잇닿다 腥(성)비리다 吹(취)불다 晚(만)늦다. 저물다 浦(포)물가. 바닷가 漁(어)고기 잡다
艇(정)거룻배. 작은 배 返(반)돌아오다

鮫市(교시) 바닷가에 있는 저자
海門(해문) 해협海峽. 육지와 육지 사이에 끼어 있는 바다의 좁은 부분
漁艇(어정) 고기잡이하는 작은 배

野花明短節　歸去于峯靜翠壁亂烟生曉晴
丁亥夏東峯先生詩書于逸樂齋　一偶晬松

終日芒鞋信脚行一山川盡一山青心非有像因谁形
役道本無名假成宿霧未晞山鳥語春風不盡

贈峻上人　20×110cm×2

贈峻上人

준 스님에게 주다

終日芒鞋信脚行	종일 짚신 신고 발길 닿는 대로 가니
一山行盡一山靑	한 산을 다 가고 나면 또 한 산이 푸르네
心非有像奚形役	마음은 형상 없거니 어찌 육체에 부림당하며
道本無名豈假成	도는 본래 이름 없거니 어찌 거짓 이루리
宿霧未晞山鳥語	간 밤 안개 축축한데 산새들 지저귀고
春風不盡野花明	봄바람은 끝없이 불어 들꽃이 환하게 피었네
短筇歸去千峯靜	지팡이 짚고 돌아가려니 모든 봉우리 고요하고
翠壁亂煙生晚晴	맑은 저녁 푸른 절벽에 밥 짓는 연기 어지럽게 이네 <권3. 6>

贈(증)주다　峻(준)높다　芒(망)까르라기　鞋(혜)신. 가죽신　脚(각)다리　像(상)형상　奚(해)어찌　役(역)부리다　假(가)거짓. 빌리다　宿(숙)자다. 묵다　霧(무)안개　晞(희)마르다. 밝다　筇(공)지팡이. 대 이름　翠(취)물총새. 비취색　壁(벽)벽　亂(난)어지럽다　晴(청)개다

上人(상인) 지덕智德이 뛰어난 중. 중의 존칭
芒鞋(망혜) 짚신
信脚(신각) 발길 닿는 대로 감
形役(형역) 육체의 물질적인 만족 때문에 정신이 육체의 노예가 된다는 것
宿霧(숙무) 전날 밤부터의 안개

小橋横跨碧波上
两岸蘇堤径可通
漁家打魚生活去
牧童骑牛晚归来

丁亥二秋節 東坡先生诗一幅 木橋逸東南主人 時松

獨木橋 70×205㎝

獨木橋
외나무 다리에서

小橋橫斷碧波心　　작은 다리는 푸른 물을 가로질렀고
人渡浮嵐翠靄深　　사람들은 뜬 노을 깊은 안개 속을 건너네
兩岸蘚花經雨潤　　양쪽 언덕의 이끼 꽃은 비를 맞아 윤나는데
千峰秋色倚雲侵　　많은 봉우리 가을빛은 구름에 가려지네
溪聲打出無生話　　시냇물 소리는 무생의 설법을 하고
松韻彈成太古琴　　솔 소리는 먼 옛날의 거문고를 연주하네
此去精廬應不遠　　여기에서 절은 응당 멀지 않으리니
猿啼月白是東林　　잔나비 울고 달 밝은 곳이 동림이리라　〈권13. 12〉

橋(교)다리　橫(횡)가로. 가로지르다　渡(도)건너다　浮(부)뜨다　嵐(람)남기　翠(취)비취색. 물총새　靄(애)아지랑이　岸(안)언덕　蘚(선)이끼　潤(윤)젖다. 윤이 나다　倚(의)의지하다　韻(운)울림. 운　彈(탄)탄알. 타다. 연주하다　琴(금)거문고　廬(려)오두막집　猿(원)원숭이　啼(제)울다

獨木橋(독목교) 외나무다리
橫斷(횡단) 가로 끊음
波心(파심) 물결의 중심
浮嵐(부람) 떠다니는 산기운. 해질 무렵 멀리보이는 푸르스름하고 흐릿한 기운. 嵐은 이내
蘚花(선화) 태화苔花. 이끼의 꽃
溪聲(계성) 산골짜기에서 흐르는 시냇물 소리
松韻(송운) 송뢰松籟. 바람에 소나무가 흔들리는 소리
無生(무생) 열반涅槃의 진리는 생멸生滅이 없으므로 무생이라 함. 때문에 무생의 이치를 관관觀하여 생멸의 번뇌를 깨뜨리는 것
太古(태고) 아주 오랜 옛날
精廬(정려) 정사精舍·절·사찰

十錢新買小魚
船邊搖棹遥得
竹邊古夢筒江来
風雨夢筒中清湖水
興與誰傳
丙戌夏咔於金泰洙

東峯先生詩二首
不須偷得未央
丸境静偏知我
自開命僕竹苘飛
連墅澗一條
玉細珊二

無題　55×70㎝×2

無 題
무제

不須偸得未央丸　　구차히 미앙환을 얻을 필요 없나니
境靜偏知我自閑　　지경이 고요하니 내가 너무 한가함을 알았네
命僕竹筒連野澗　　종에게 대통을 들 개울에 잇게 하니
一條飛玉細珊珊　　한 줄기 나는 옥이 가늘게 소리 나네

十錢新買小魚船　　열 냥으로 작은 고깃배를 새로 사서
搖棹歸來水竹邊　　노를 저어 물 대나무가에 돌아왔네
占得江湖風雨夢　　강호의 비바람 속에 살려던 꿈을 얻었으니
箇中淸興與誰傳　　그 속의 맑은 흥취 누구에게 말할꼬　<동문선>

須(수)모름지기. 반드시　偸(투)훔치다. 구차하다. 탐하다　丸(환)둥글다. 총알　境(경)지경　偏
(편)치우치다　僕(복)종　筒(통)대통　澗(간)산골물　條(조)가지　珊(산)산호. 패옥소리　錢(전)
돈　買(매)사다　船(선)배　搖(요)흔들다　棹(도)노　箇(개)낱. 개수　占(점)점치다. 점령하다
湖(호)호수　誰(수)누구　傳(전)전하다. 말하다

未央丸(미앙환) 선약仙藥의 이름
命(명)　~에게 명하여 ~하게 하다
竹筒(죽통) 굵은 대나무로 만들어 술이나 물 등을 담는 대통
珊珊(산산) 패옥佩玉의 소리. 또는 방울·비·물의 소리. 이슬의 맑고 깨끗한 모양
占得(점득) 점거하여 얻음
江湖(강호) 강과 호수. 시골. 세상. 벼슬을 버리고 은거해 있는 시골
箇中(개중) 여럿이 있는 그 가운데

葺松檜以爲廬

소나무와 전나무로 이어 집을 만들다

倚巖架小廬	바위에 의지하여 오두막집 얽으니
僅得容我軀	겨우 내 한 몸 들일만하네
落葉以爲氈	떨어지는 잎으로 담요를 삼고
枯査以爲罏	말라죽은 가지로 횃대를 만들었네
葺之兮松檜	소나무와 전나무로 지붕이었고
室小心愉愉	방은 작지만 마음은 즐겁네
雲霞爲帳幄	구름과 노을은 휘장이요
碧山爲屛風	푸른 산은 병풍이네
猿鳥爲伴侶	잔나비와 새들은 짝이 되어서
得我心所同	내 마음과 같은 것 얻었네
我是放浪人	나는 정처없이 떠도는 사람이라
夷猶雲水中	구름과 물 속을 주저한다네
物性亦馴擾	만물의 본성은 또한 길들여져
飮啄依枯叢	마시고 먹는 것은 마른 풀을 의지하네
願結歲寒盟	추위에도 변치 않는 맹세를 맺어
行樂無終窮	즐거움 누림이 끝없기를 바라네 <권2. 18>

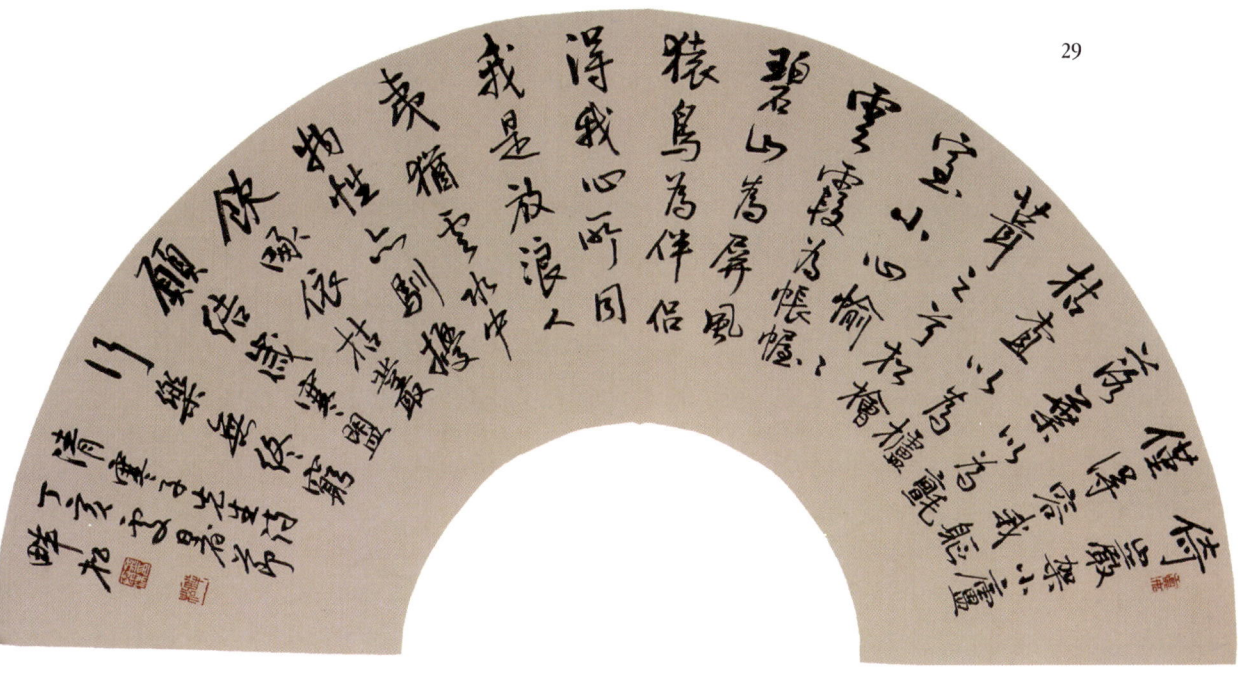

茸松檜以爲廬 58×29㎝

茸(즙)지붕이다　檜(회)전나무　倚(의)의지하다　巖(암)바위　架(가)시렁. 얽다　廬(려)오두막집　僅(근)겨우　軀(구)몸　甎(전)모전　枯(고)마르다　査(사)조사하다. 옛목　櫨(로)두공　愉(유)즐겁다　帳(장)휘장　霞(하)노을　幄(악)휘장　屏(병)병풍　猿(원)원숭이　伴(반)짝　侶(려)짝　猶(유)오히려. 망설이다　馴(순)길들이다　擾(요)길들이다. 어지럽다　啄(탁)쪼다　枯(고)마르다　叢(총)모이다. 떨기　盟(맹)맹세하다　窮(궁)다하다

茸松檜以爲廬(즙송회이위려) 소나무와 전나무로 지붕이어 집을 만들다
愉愉(유유) 즐거워하는 모양. 기뻐하는 모양
帳幄(장악) 휘장
伴侶(반려) 친구
放浪(방랑) 정처없이 떠돌아다님
夷猶(이유) 망설이는 모양. 주저하는 모양
雲水(운수) 구름과 물. 곧 속기를 떠나 맑고 깨끗하다는 뜻
馴擾(순요) 유순함. 온순함
飮啄(음탁) 사람이 마시고 먹으며 생활함
歲寒盟(세한맹) 역경에도 변하지 않는 맹세
行樂(행락) 잘 놀고 즐겁게 지냄. 유쾌히 날을 보냄
終窮(종궁) 다함. 끝남. 죽음

布穀啼深樹　前村菜甚紅濃

雲峯上下蹂雨畦西東懶覺身

芒事襄知酒有功已浮歸歟

興江山屬此翁

東峯先生诗

丙戌春胖桄散人

即事　27×75㎝

卽 事
보이는 일

布穀啼深樹	뻐꾸기 울창한 나무에서 울고
前村桑葚紅	앞마을엔 오디가 붉게 익었네
濃雲峯上下	짙은 구름은 봉우리를 오르내리고
踈雨塝西東	가랑비는 둑 동서로 오락가락 하네
懶覺身無事	몸은 나태하여 아무 일도 없고
衰知酒有功	노쇠하여 술만이 공이 있음을 알았네
已得歸歟興	이미 돌아가려는 흥취 얻으니
江山屬此翁	강산은 이 늙은이의 것이네 <권2. 27>

布(포)베. 펴다 穀(곡)곡식 啼(제)울다 桑(상)뽕나무 葚(심)오디 濃(농)짙다 踈(소)트이다.
멀다. 드물다 塝(태)보 懶(라)게으르다 覺(각)깨닫다 衰(쇠)쇠하다 歟(여)그런가하다. 어조
사 屬(촉)잇다. 닿다. 붙이다 翁(옹)늙은이

卽事(즉사) 즉음卽吟. 즉석卽席에서 시가詩歌를 지음
布穀(포곡) 뻐꾸기. 布穀은 '뻐꾹' 새 소리의 음차音借이면서 '씨 뿌려라'는 의미가 있다
深樹(심수) 깊숙이 우거져 있는 나무
桑葚(상심) 오디. 뽕나무의 열매. 상심桑椹과 같음
上下(상하) 올라갔다 내려갔다 함
踈雨(소우) 성기게 오는 비

掃　葉

낙엽을 쓸다

掃葉聲中午夢驚	낙엽 쓰는 소리에 낮잠에서 깨고
起看東嶺白雲生	일어나 동쪽 마루를 보니 흰 구름 이네
直將魚鳥無心趣	곧장 무심한 물고기와 새의 뜻을 간직하고
剩得煙霞不世情	넉넉히 세상을 벗어난 이내 노을의 마음을 얻네
簾外菊香人正靜	사람 정히 고요하니 발 밖 국화에 향이 나고
庭前苔潤雨初晴	비 비로소 개니 뜰 앞 이끼는 윤기나네
無端起我悲秋興	끝없이 나에게 슬픈 가을 감흥이 일어
細讀離騷心未平	이소경을 세밀히 읽어도 마음은 편치 못하네 <권2. 19>

掃(소)쓸다　驚(경)놀라다　嶺(령)재. 산봉우리　將(장)장차. 장수. 가지다. 나아가다　趣(취)추창
하다. 뜻　剩(잉)남다　霞(하)놀　苔(태)이기　晴(청)개다　端(단)바르다. 실마리. 끝　細(세)가
늘다. 자세하다　離(리)떠나다. 만나다　騷(소)떠들다. 근심　平(평)평평하다. 바르다. 편안하다

無心(무심) 아무런 생각이 없음. 자연스러운 것. 속세에 대하여 아주 관심이 없는 경지
煙霞(연하) 연기와 놀. 산수의 경치
無端(무단) 끝이 없음. 까닭이 없음
悲秋(비추) 구슬픈 가을. 가을이 되어 비애를 느낌
細讀(세독) 세밀히 읽음. 자세히 읽음
離騷(이소) 이소경離騷經. 離는 걸림(리罹), 騷는 근심(우憂)의 의미. 초楚 굴원屈原이 걱정에
빠져 지은 부부로 그가 참소당해 임금을 만날 기회를 잃은 번민의 심정을 읊은 대서사시大敍
事詩

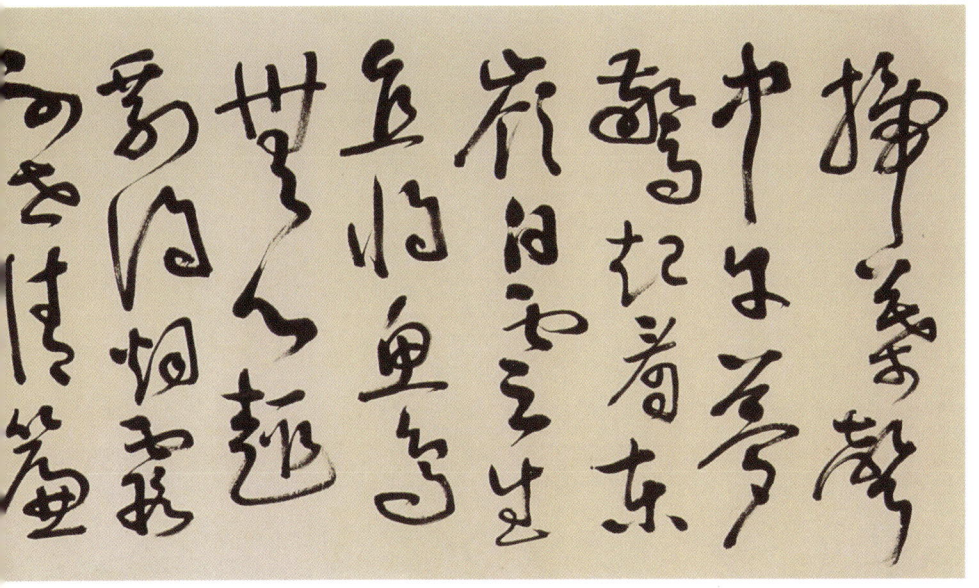

掃葉 137×35㎝

心 術

마음씨

心術要正直	마음은 바르고 곧아야 하나니
切勿狎姦邪	결코 간사함과 가까이하지 말아라
顚沛造次頃	엎어지거나 급박한 사이에도
視聽勿妖哇	요사하고 음난함을 보고 듣지 말아라
瞬息芒芴間	순식간 경황이 없는 사이라도
言動莫舛差	어긋나게 언동하지 말아라
內守旣堅固	안의 지킴 이미 견고하면
外儀維靜嘉	밖의 거동 고요하고 가상하리라
百體順正路	온 몸이 바른 길을 좇는다면
坦蕩遠欹斜	마음은 넓어 기울어짐 멀어지리라
所以君子德	그러므로 군자의 덕은
愈久愈咨嗟	오랠수록 더욱 더 경탄스럽네 <권13. 7>

心術 137×56㎝

術(술)꾀. 재주　姦(간)간사하다　邪(사)간사하다　狎(압)익숙하다. 친압하다　顚(전)꼭대기. 넘
어지다　沛(패)늪. 넘어지다　頃(경)백이랑. 잠깐　妖(요)아리땁다. 괴이하다　哇(와)토하다. 음
란한 소리　瞬(순)눈깜박거리다　芒(망)까르라기 (황)황홀하다　芴(물)순무 (홀)황홀하다　舛
(천)어그러지다　儀(의)거동　坦(탄)평평하다. 너그럽다　蕩(탕)넓고 크다. 평탄하다. 쓸다　欹
(기)기울다　愈(유)낫다. 더욱　咨(자)묻다. 탄식하다　嗟(차)탄식하다

心術(심술) 마음씨
顚沛(전패) 발이 걸려 넘어짐. 위급 존망의 경우. 아주 짧은 시간
造次(조차) 지극히 짧은 동안. 造는 갑자기의 뜻
芒芴(황홀) 황홀恍惚과 같음. 恍惚-미묘하여 알 수 없는 모양. 정신이 흐리멍덩한 모양.
舛差(천차) 틀림. 서로 어긋남
靜嘉(정가) 깨끗하고 아름다움. 고요하고 아름다움
坦蕩(탄탕) 마음이 넓은 모양
欹斜(기사) 한쪽으로 비스듬히 기울어짐
君子(군자) 재덕才德이 있는 사람의 미칭美稱. ≪예기禮記≫<곡례曲禮>에 “博聞强識而讓 敦
善行而不怠 謂之君子 많이 듣고 많이 알며 사양할 줄 알고 선행에 독실하여 게을리 하지 않
는 사람을 군자라 한다”라고 하였다
愈(유) ~愈(유) ~더욱 ~할수록 더욱 더 ~하다
咨嗟(자차) 탄식함. 감탄함

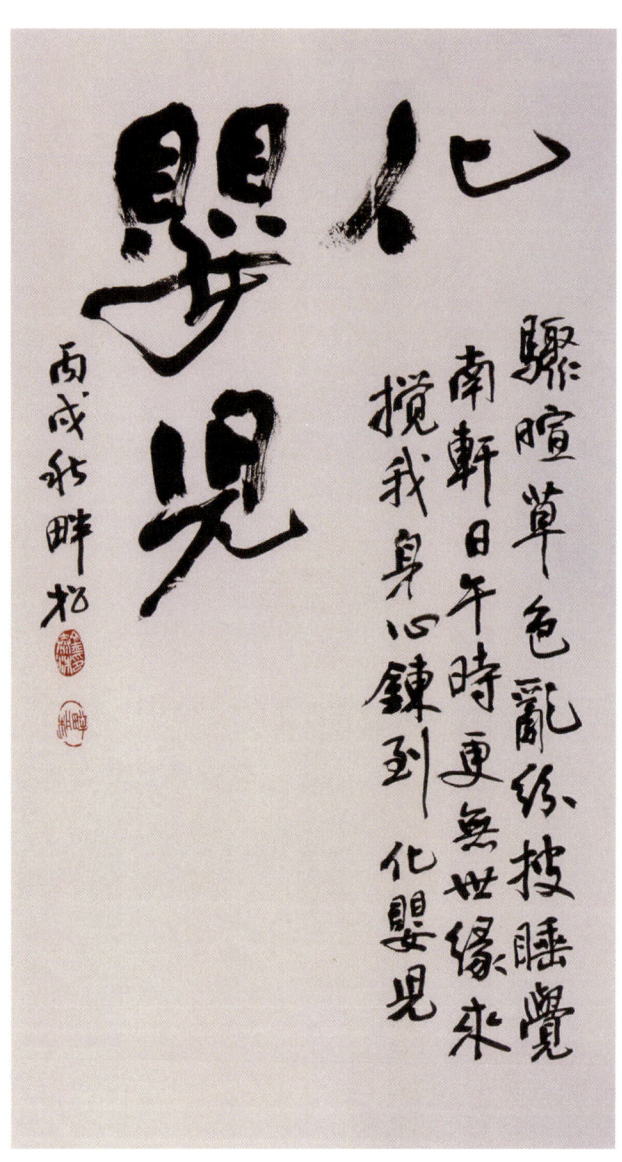

化嬰兒

驟暄草色亂綠披羅覺
南軒日午時更無世緣來
攬我身心鍊到 化嬰兒

丙戌水畔松

畫意 36×60㎝

畫 意
낮 뜻

驟暄草色亂紛披　　갑자기 따뜻하니 풀빛이 흩어져 어지럽고
睡覺南軒日午時　　잠에서 깨니 남쪽 마루에 해가 한낮이네
更無世緣來攪我　　다시 속세의 인연이 날 어지럽히지 않으니
身心鍊到化嬰兒　　몸과 마음을 닦아 어린아이가 되었네　<권2. 28>

驟(취)달리다. 갑작스럽다　暄(훤)따뜻하다　紛(분)어지럽다　披(피)헤치다. 나누다. 흩다　睡(수)자다. 졸다　覺(각)깨닫다　軒(헌)추녀. 집　緣(연)인연　攪(교)어지럽(히)다　鍊(련)단련하다　嬰(영)간난아이

紛披(분피) 흩어져 어지러움. 꽃이 만발한 모양
午時(오시) 오전 11시부터 오후 1시까지의 시간. 낮
世緣(세연) 속연俗緣. 이 세상의 인연
化嬰兒(화영아) 어린아이가 되다. 정신이 수양되어 천진난만天眞爛漫, 천진무구天眞無垢의 경지에 이름을 의미함

水國秋風起山城歲暮時銜煙初解纜載月又吟詩野水二三尺江楓千萬枝偶然乘興返雲外暮鍾遲

東峯先生詩泛舟

丁亥夏日畔松

泛舟 56×137㎝

泛 舟
배를 띠우며

水國秋風起	강에는 가을바람 일고
山城歲暮時	산성은 한 해가 저물 때이네
衝烟初解纜	안개 뚫고 비로소 닻줄을 풀어
載月又吟詩	달을 싣고 또 시를 읊네
野水二三尺	들 물은 깊이가 두세 자인데
江楓千萬枝	강변은 온 가지가 단풍이네
偶然乘興返	우연히 흥을 타고 돌아오는데
雲外暮鍾遲	구름 멀리 저녁 종소리 더디네 <권10. 33>

泛(범)뜨다　衝(충)부딪치다. 찌르다　烟(연)연기　解(해)풀다　纜(람)닻줄　載(재)싣다　吟(음)읊다　尺(척)자　楓(풍)단풍나무　枝(지)가지　偶(우)짝. 뜻밖에　乘(승)타다　興(흥)일어나다. 흥취　返(반)돌아오다　鍾(종)종. 쇠북　遲(지)더디다. 늦다

泛舟(범주) 배를 띄움
水國(수국) 호수·늪·내·섬 등이 많은 땅
山城(산성) 산 위에 쌓은 성
歲暮(세모) 세말歲末. 세밀
解纜(해람) 닻줄을 풀음. 출범出帆함
江楓(강풍) 강변의 단풍
乘興(승흥) 흥을 띔. 흥이 나서 마음이 내킴
暮鍾(모종) 저녁때 치는 종

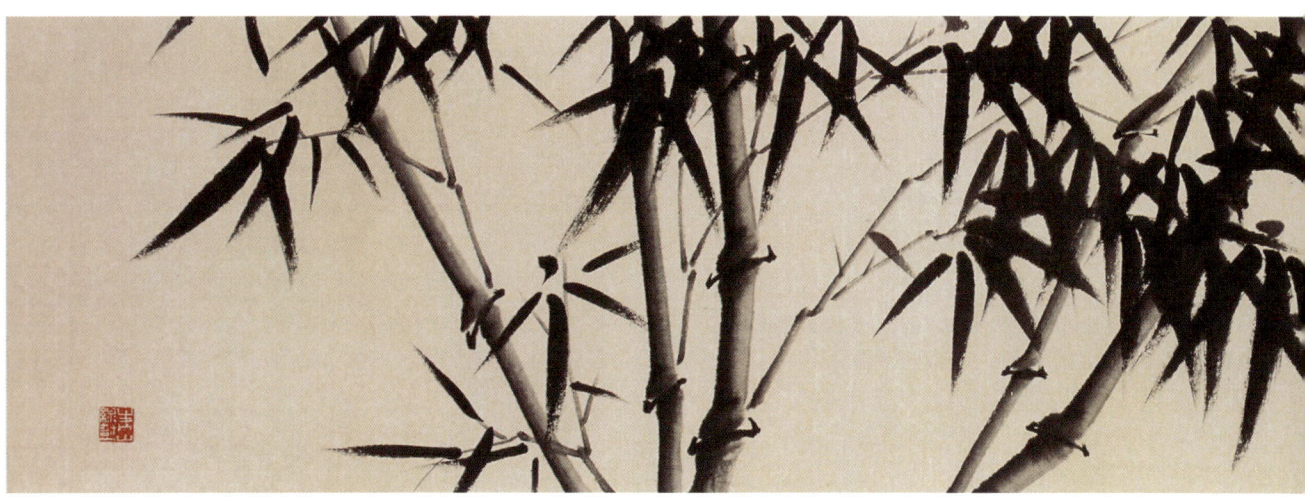

綠竹出巖隈	푸른 대가 바위 모퉁이에서 나와
托根巖下土	뿌리를 바위 아래 흙에 맡겼네
老去節愈剛	늙을수록 절개는 더욱 굳세어
蕭蕭藏夜雨	우수수 밤비 소릴 간직하였네
根迸化蒼龍	뿌리가 뻗어 나와 푸른 용이 되고
枝短不棲鳳	가지는 짧아 봉황이 깃들지 않네
幹凌雪霜侵	줄기는 눈서리의 침범을 무시하고
影受風月弄	그림자는 바람과 달의 희롱을 받네
却恨長深谷	다만 깊은 골짝에서 자라
欠遇徽之諷	왕휘지의 풍자를 만나지 못한 것이 한이네
我來久徘徊	나 여기와 오랫동안 서성거리다
嘯吟忘出洞	읊조리며 골을 나갈 것도 잊었네
日暮輕颼起	해 저물고 가벼운 바람부니
戛戛相摩閧	사각사각 서로 비벼 시끄럽네
似歎無知音	그 소리 알아주는 이 없음을 탄식하는 듯
空山悲憁恫	빈 산에서 뜻 얻지 못함을 슬퍼하네 <권5. 14>

山中竹
산 속의 대나무

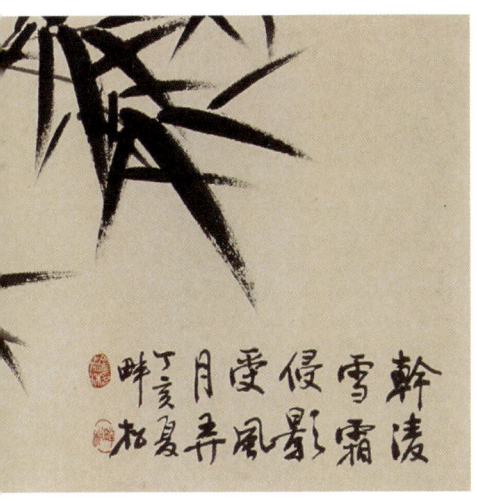

山中竹 137×35㎝

隈(외)모퉁이 托(탁)밀치다 愈(유)낫다. 더욱 剛(강)굳세다 蕭(소)쓸쓸하다 藏(장)감추다. 간직하다 迸(병)흩어져 달아나다 蒼(창)푸르다 棲(서)살다 幹(간)줄기 凌(능)지나다. 업신여기다 侵(침)범하다. 침노하다 弄(농)희롱하다 却(각)물리치다. 도리어 欠(흠)하품. 모자라다 徽(휘)아름답다 諷(풍)풍자하다. 외우다 嘯(소)휘파람. 읊조리다 颯(삽)바람소리 戞(알)창. 어긋나다 摩(마)갈다. 비비다 鬨(홍)싸우다. 떠들다 憁(총)실심하다. 갑자기 앓다 恫(통)슬프다. 끙끙 앓다

蕭蕭(소소) 찬바람 소리. 쓸쓸한 모양
徽之諷(휘지풍) 왕휘지의 풍자諷刺. 왕휘지는 자는 자유子猷로 왕희지王羲之의 아들. 풍자는 "王子猷 嘗寄居空宅中 便令種竹 曰何可一日無此君耶 왕자유가 일찍이 빈 집에 붙여 살적에 곧 대나무를 심게 하고 말하기를 '어찌 하루라도 차군此君(대나무)이 없을 수 있겠는가'"를 뜻함
戞戞(알알) 물건이 서로 부딪치는 소리
知音(지음) 자기와 마음이 통하는 친한 벗. 종자기種子期는 백아伯牙가 타는 거문고 소리를 듣고 그의 악상樂想을 잘 알아들었다는 고사에서 유래함
空山(공산) 인기척이 없는 쓸쓸한 산. 나뭇잎이 다 떨어진 산
憁恫(총통) 뜻을 얻지 못한 모양

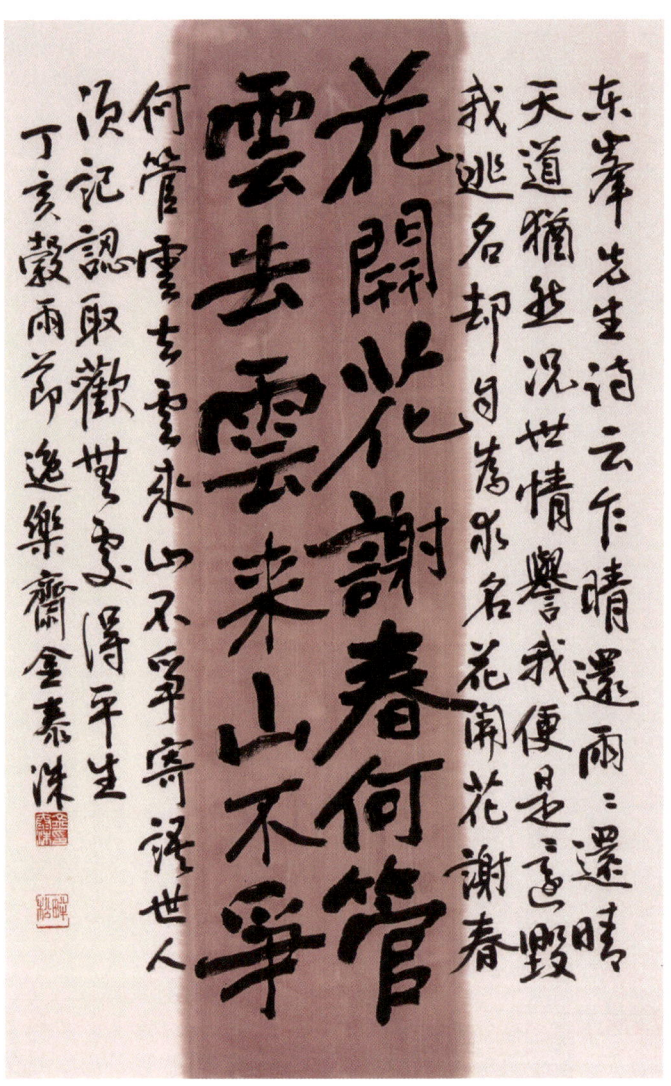

午晴午雨 47×70㎝

乍晴乍雨

잠깐 개었다 잠깐 비오다

乍晴還雨雨還晴	잠깐 개었다 도로 비오고 비오다 다시 개니
天道猶然況世情	천도도 오히려 그러한데 하물며 세상의 인정에서랴
譽我便是還毁我	나를 칭찬하다가 곧 나를 헐뜯고
逃名却自爲求名	이름을 숨긴다면서 도리어 스스로 명예 구하네
花開花謝春何管	꽃이 피고 진들 봄이 어찌 상관하며
雲去雲來山不爭	구름이 가건 오건 산은 다투지 않네
寄語世人須記認	세인에게 말하노니 기억하고 알아두어라
取歡無處得平生	평생 즐거움을 취할 곳이 없음을 <권4. 9>

乍(사)잠깐 晴(청)개다 還(환)돌아오(가)다. 도리어 毁(훼)헐다 便(편)편하다 (변)곧·문득 逃
(도)달아나다 却(각)물러나다. 물리치다. 도리어 謝(사)사양하다. 끊다. 시들다 管(관)관. 맡다.
주관하다 寄(기)부치다 記(기)기록하다. 기억하다 認(인)알다 取(취)취하다 歡(환)기쁘다

天道(천도) 천지자연의 도리
猶然(유연) 오히려 그러하다
況世情(황세정) 하물며 세상의 인정에서랴
便是(변시) 다름이 아니라 곧
逃名(도명) 이름을 버림. 이름을 숨김
花謝(화사) 꽃이 시들다
寄語(기어) 말을 전하다

夜砧敲韻先饒
在床琴月明長
笛來何更人坐
漁磯蘆葦深
南窻烘日擁貂裘
小篆新裝燒水
沈昨夜墳溫春
氣盞一枝梅鬢
浹天心

東峯先生詩樂真村四景　丁亥春逸樂齋主畔石

矮屋披踈松竹林間罘罳時聽語幽禽日長睡罷披經史不覺滿庭花雨深日酌荷蕑香沁脣醉鄉藜世閑清其真晌那蕑象真層柳岸碇人鷗渚行風

樂眞村居四景　205×70㎝

樂眞村居四景
낙진촌 거처의 사경

繞屋扶疏松竹林	집을 두른 솔과 대숲은 무성하고
間關時聽語幽禽	가끔 꾀꼴꾀꼴 그윽한 새 소리 듣네
日長睡罷披經史	긴 낮에 잠에서 깨어 책을 보다가
不覺滿庭花雨深	뜰에 가득 꽃비가 깊은 줄 몰랐네
自酌荷篿香沁脣	하통주를 자작하니 향기가 입술에 스미고
醉鄉塵世鬪清眞	취향과 속세가 맑고 참됨을 다투누나
分明那箇分眞贋	분명히 저렇게 참과 거짓이 나누어지니
柳岸砭人鸎語新	버들 언덕에 사람을 꼬집는 꾀꼬리 소리 새롭네
風擺高梧動夜砧	바람은 큰 오동 흔들고 밤 다딤잇 소리 나는데
秋聲先繞在床琴	가을 소리 먼저 상 위의 거문고에 둘려있구나
月明長笛來何處	달 밝은데 늘어진 피리 소리 어디에서 오는가
人在漁磯蘆葦深	사람은 낚시터 갈대 깊은 곳에 있네
南窓烘日擁貂衾	담비 이불 두르고 남창에 해 쪼이고
小篆新裝炷水沈	새로 단장한 수침향 연기 꼬불꼬불 오르네
昨夜堗溫春氣盎	지난 밤 구들이 따뜻하고 봄기운 넘치니
一枝梅藥洩天心	한 가지 매화 송이에 하늘의 마음 새어나네 〈권13. 33〉

繞(요)두르다 幽(유)그윽하다 禽(금)날짐승 睡(수)자다 罷(파)파하다 披(피)헤치다 酌(작)따르다 荷(하)연꽃 筒(통)대통 沁(심)스며들다 唇(진)놀라다 (순)입술. 脣脣과 통용함 塵(진)티끌 鬪(투)싸우다 那(나)어찌. 저(피)彼 贗(안)거짓 岸(안)언덕 砭(폄)돌침. 침놓다 鶯(앵)꾀꼬리 擺(파)열다. 흔들다 梧(오)오동나무 砧(침)다딤잇돌 笛(적)피리 磯(기)낚시터 蘆(노)갈대 葦(위)갈대 烘(홍)횃불. 불 때다. 쬐다 擁(옹)끼다·안다 貂(초)담비 衾(금)이불 篆(전)전자 裝(장)꾸미다 炷(주)심지. 사르다 堗(돌)굴뚝 盎(앙)동이. 성하다 醴(예)꽃술 洩(설)새다

扶疏(부소) 초목의 지엽枝葉이 무성한 모양
間關(간관) 새가 지저귀는 소리
幽禽(유금) 깊은 산에 사는 새
經史(경사) 경서經書와 사서史書. 전轉하여 여러 문서나 서적
自酌(자작) 술을 손수 따라 마심
荷筒(하통) 연 잎새에 술을 빚어 놓아 잘 싸서 익게 하고 연 줄기에 구멍을 내 술을 빨아 먹음. 당唐의 위징魏徵이 '벽통주碧筒酒'라 이름함.
醉鄕(취향) 술에 취하여 몽롱하고 즐거운 경지
塵世(진세) 티끌이 많은 세상. 더러운 세상. 속세俗世
那箇(나개) 그. 저
漁磯(어기) 낚시터. 磯는 바다나 호수의 물이 물가의 돌에 부딪치는 곳
天心(천심) 하늘의 마음. 하늘의 한 가운데
小篆(소전) 전자篆字모양으로 꼬불꼬불 올라가는 향로의 연기
水沈(수침) 침향沈香의 다른 이름. *沈香－열대지방에서 나는 향목香木. 또는 그 나무로 만든 향의 이름

醉鄉日月亦佳哉　依舊狂心傑且魁　身世浮
游微似禪　乾坤遼落大於盃　二豪侍側浸

教做干戈流骨蔓地來　一斗百篇兒戲耳
何人會得醉鄉快　東皋先生詩　丁亥夏醉松

醉鄉　25×51㎝

醉鄉
취한 세상

醉鄉日月亦佳哉	취한 세상의 세월 역시 좋구나
依舊狂心傑且魁	옛 그대로 미친 마음은 호걸이요 또 으뜸일세
身世浮游微似稊	떠도는 신세 작기가 가라지풀과 같고
乾坤濩落大於盃	천지는 텅 비어 술잔보다 더 크네
二豪侍側從教倣	두 호걸 옆에서 모시며 따르라고 가르치지만
千丈流胸驀地來	천길 흐르는 가슴에 곧장 오네
一斗百篇兒戲耳	한말 술에 시 백수가 아이들의 장난일 뿐
何人會得醉鄉恢	누가 취한 세상의 넓음을 알리오 <권2. 21>

醉(취)취하다 佳(가)아름답다. 좋다 哉(재)어조사 狂(광)미치다 傑(걸)뛰어나다 魁(괴)으뜸
浮(부)뜨다 微(미)작다. 미천하다 稊(제)돌피 濩(확)낙숫물떨어지다 盃(배)잔 豪(호)호걸
侍(시)모시다 側(측)곁 倣(방)본뜨다 胸(흉)가슴 驀(맥)말 타다. 갑자기 篇(편)책 戲(희)놀
다 會(회)모이다. 깨닫다 恢(회)넓다

醉鄉(취향) 술에 취하여 몽롱하고 즐거운 경지
日月(일월) 세월
依舊(의구) 옛에 의거함·옛대로 함
身世(신세) 이 몸과 이 세상. 일평생. 생명
浮游(부유) 일정한 곳이 없이 떠돌아다님
乾坤(건곤) 하늘과 땅. 천지. 우주. 원래 ≪역경易經≫의 두 괘명卦名으로 ☰과 ☷이며 천지를 의미하기도 한다
濩落(확락) 텅 비어 있는 모양
二豪(이호) 유령劉伶 <주덕송酒德頌>의 귀개공자貴介公子와 진신처사搢紳處士
侍側(시측) 곁에 있으면서 어른을 모심
驀地(맥지) 한눈팔지 않고 곧장
會得(회득) 깨달음. 이해함

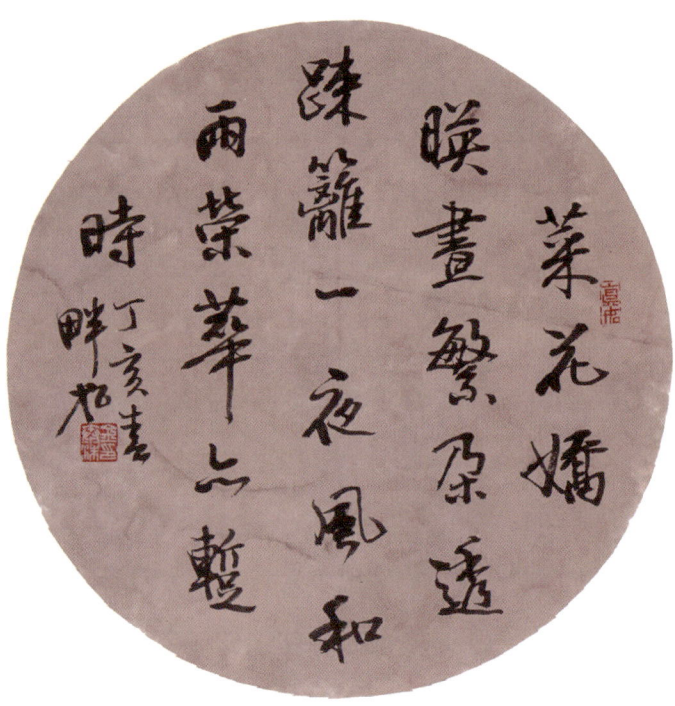

菜花 22×22cm

菜 花
나물 꽃

菜花嬌映晝	나물 꽃 예쁘게 낮에 빛나는데
繁朶透疏籬	많은 송이 성긴 울타리를 뚫었네
一夜風和雨	한 밤에 비바람 몰아치면
榮華亦暫時	영화는 또한 잠깐이겠지 <권5. 23>

菜(채)나물 嬌(교)아리땁다 映(영)비치다. 빛나다 晝(주)낮 繁(번)많다 朶(타)나무가지 늘어지다. 떨기 透(투)통하다 疏(소)성기다 籬(리)울타리 榮(영)영화. 꽃 華(화)빛나다. 꽃 暫(잠)잠시

菜花(채화) 채소의 꽃
一夜(일야) 하룻밤. 어느 밤
榮華(영화) 초목이 무성함. 몸이 귀하게 되어서 이름이 남

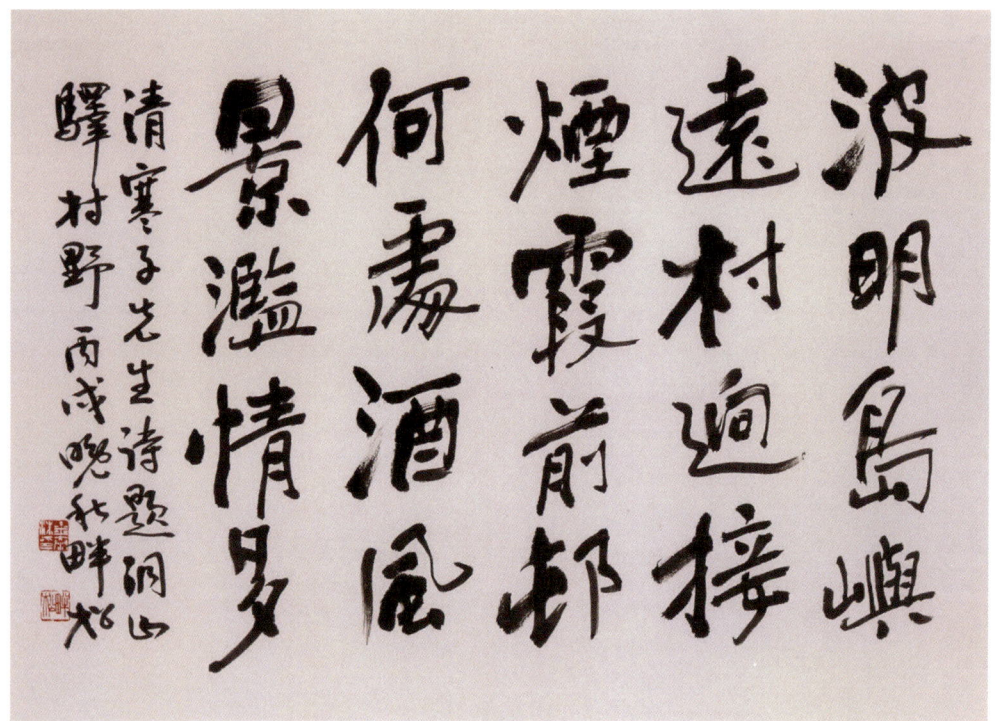

波明島嶼山
遠村迥接
煙霞前邨
何處酒風
景瀲情多

清寒子先生詩題洞山
驛村野 丙戌晚秋畔水

題洞山驛村野 70×46㎝

題洞山驛村野

동산역 마을의 들

波明島嶼遠　　맑은 파도에 섬들은 멀고
村逈接煙霞　　먼 마을은 연하에 잇닿아 있네
前村何處酒　　앞 마을 어느 곳에 술이 있는가
風景濫情多　　풍경에 넘치는 흥 많구나　<권6. 27>

洞(동)골. 골짜기　驛(역)역말　波(파)물결　島(도)섬　嶼(서)섬. 작은 섬　逈(형)멀다. 빛나다
接(접)잇다. 사귀다　煙(연)연기　霞(하)노을　濫(람)넘치다　情(정)뜻

村野(촌야) 시골. 촌
島嶼(도서) 섬. 島는 큰 섬. 嶼는 작은 섬
煙霞(연하) 보얗게 피어오르는 안개. 고요한 산수의 경치

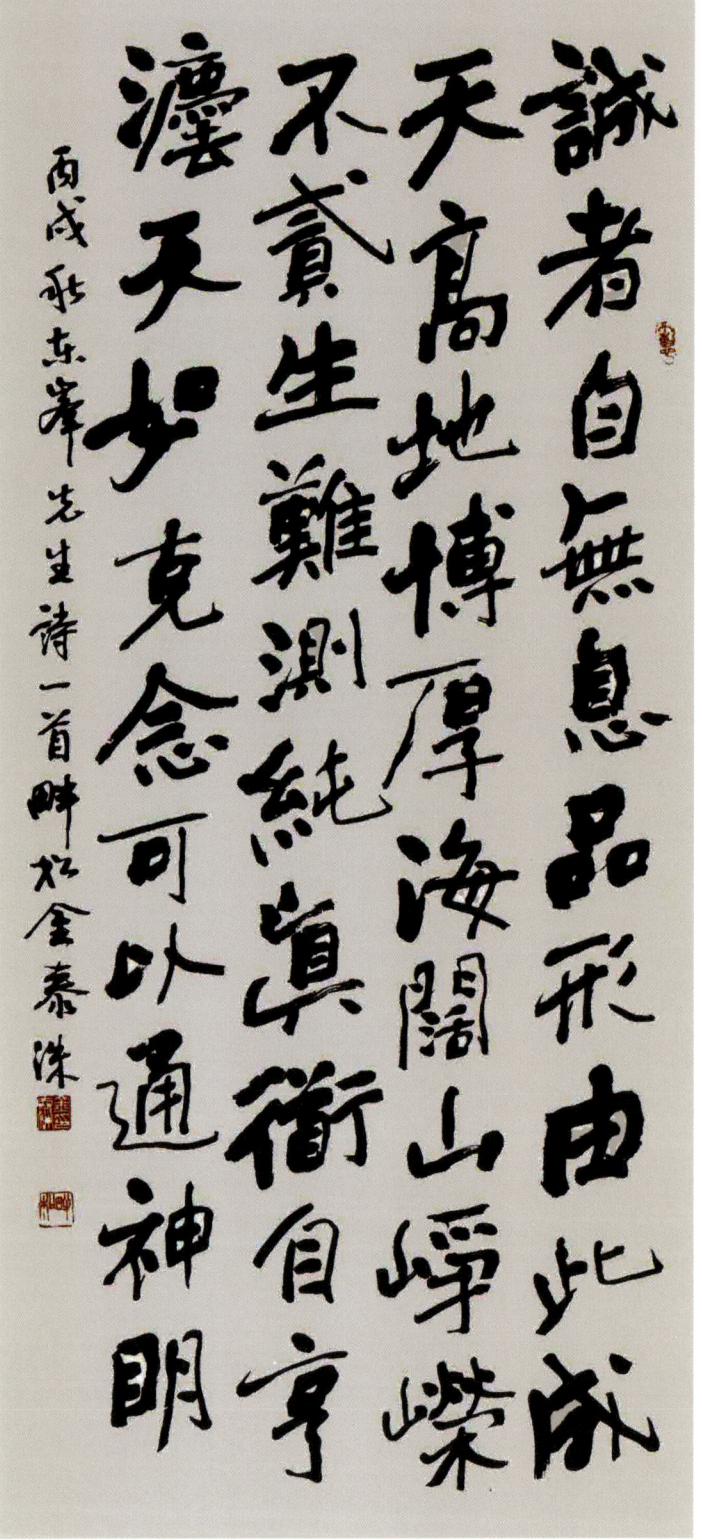

誠者自無息品形由此成
天高地博厚海闊山崢嶸
不貳生難測純真衛自亭
�天妙克念可以通神明

丙戌秋東峯先生詩一首畔松金泰洙

至誠　70×137㎝

至 誠
지극한 성

誠者自無息　　성이란 스스로 쉼이 없어서
品形由此成　　만물이 이로 말미암아 이루어지네
天高地博厚　　하늘은 높고 땅은 넓고 두터우며
海闊山崢嶸　　바다는 넓고 산은 높고 험하네
不貳生難測　　다시 오지 않은 인생 헤아리기 어렵고
純眞道自亨　　순수하고 참된 도는 절로 펼쳐지네
法天如克念　　하늘을 본받아 세상 걱정 이겨낸다면
可以通神明　　신명과 통할 수 있으리　<권13. 5>

誠(성)정성　品(품)온갖. 가지. 물건　由(유)말미암다　博(박)넓다　厚(후)두텁다　闊(활)넓다.
멀다　崢(쟁)가파르다. 산이 높고 험한 모양　嶸(영)가파르다　克(극)이기다. 능히. 잘　純(순)
실. 순수하다　亨(형)형통하다　克(극)능하다. 이기다　通(통)통하다

誠(성) 천도天道
崢嶸(쟁영) 산이 높고 험한 모양. 깊고 험한 모양
不貳(불이) 거듭하지 아니함. 두 마음이 없음. 배반하지 않음
純眞(순진) 전혀 세속에 더렵혀짐이 없음. 순수하고 참된 마음
神明(신명) 하늘과 땅의 신령

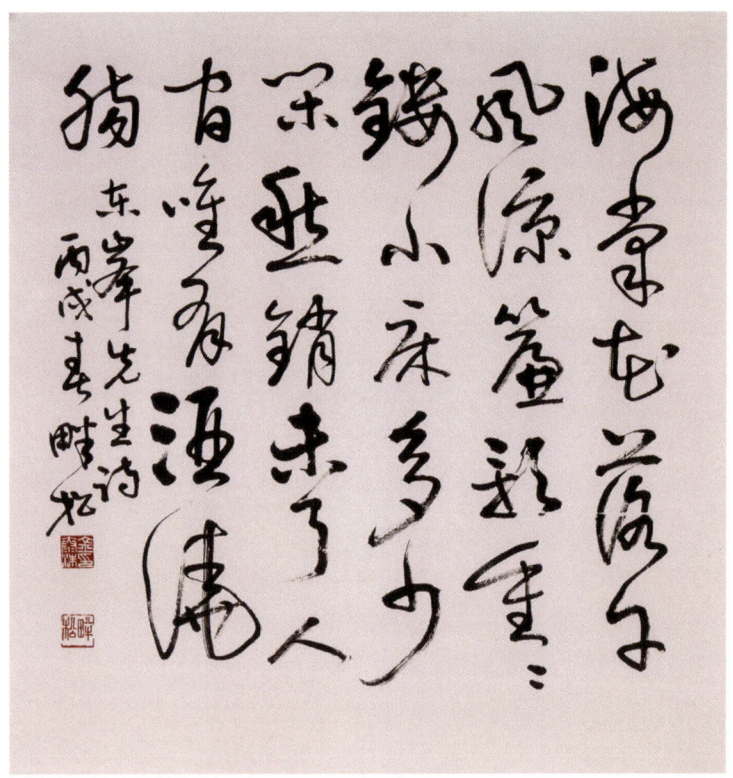

海东书名藏于
风源篁韵重
锦小床多少
不遮销来客人
古峰之有渔庸
猗

东峰先生诗
丙戌春时松

寓意 48×52㎝

寓 意
뜻을 붙여

海棠花落午風涼	해당화 떨어지고 낮 바람 서늘한데
簾影重重鏤小床	겹겹의 발그림자 작은 책상에 어른거리네
多少閑愁銷未了	이것저것 헛 근심이 사라지지 않는데
人間唯有酒澆腸	인간세상은 오직 술이 있어 마음을 씻어주네 <권1. 15>

_____

寓(우)부처살다. 부치다 棠(당)팥배나무. 해당화 凉(량)서늘하다 簾(렴)발 鏤(루)새기다 愁
(수)근심 銷(소)녹이다 了(료)마치다 澆(요)엷다. 물 뿌리다 腸(장)창자. 마음

寓意(우의) 자기의 생각을 다른 사물에 비유하여 은근히 나타냄
重重(중중) 같은 것이 겹치는 모양
閑愁(한수) 쓸데없는 걱정
澆腸(요장) 마음을 씻다. *요수澆愁－근심을 씻는다는 뜻으로 '술을 마심'을 이름

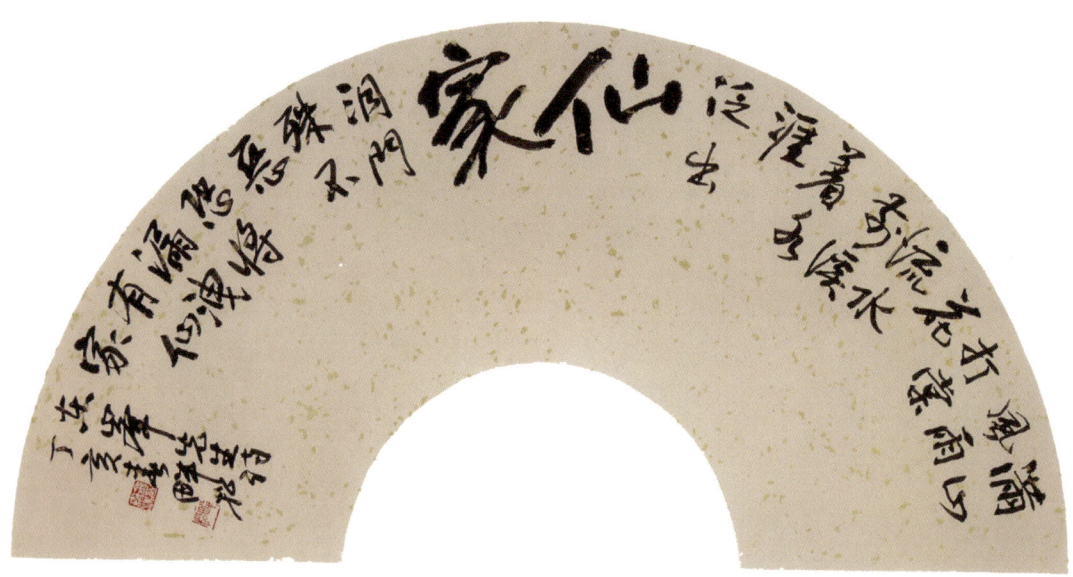

雨打棠花 52×26㎝

雨打棠花

비가 아가위 꽃을 때리다

滿山風雨打棠花　　산에 가득한 비바람이 아가위 꽃을 두들기고
流水前溪着水涯　　앞 시내에 흐르는 물은 큰 물가에 닿았네
泛出洞門殊不惡　　골짜기를 벗어나는 것도 그리 싫지 않지만
恐將漏洩有仙家　　신선의 집 있는 걸 누설될까 두렵네　<권5. 22>

打(타)치다　棠(당)아가위. 팥배나무　滿(만)차다·가득하다　着(착)붙다　涯(애)물가. 가　泛(범)뜨다　殊(수)다르다. 특히　惡(오)미워하다. 싫어하다　恐(공)두렵다. 염려하다　漏(루)새다　洩(설)새다

滿山(만산) 온 산. 산 전체
洞門(동문) 굴. 門같이 된 굴
仙家(선가) 신선이 사는 집. 선교仙敎를 체득한 사람

中夜發清嘯情不勝東風雞料峭寒氣非嶙嶒對酒思彭澤吟詩憶少陵一生無限意千載興誰憑

東峯先生詩中夜 丁亥立秋畔松

中夜 56×137cm

中 夜
한밤중에

中夜發淸嘯	한밤중에 맑게 읊조리니
悽然情不勝	처연한 마음 견딜 수 없네
東風雖料峭	봄바람이 비록 세지만
寒氣欲崚嶒	찬 기운은 높아지려 하네
對酒思彭澤	술을 대하며 도연명을 그리고
吟詩憶少陵	시를 읊으며 두보를 생각하네
一生無限意	한평생 끝없는 생각들을
千載與誰憑	천년의 누구에게 기댈까 <권14. 22>

嘯(소)휘파람　悽(처)슬퍼하다　料(료)헤아리다　峭(초)가파르다　崚(릉)험하다　嶒(증)험하다
彭(팽)성. 땅이름　澤(택)못. 윤택하다. 덕택　吟(음)읊다　憶(억)생각하다　陵(릉)언덕. 무덤
限(한)한정하다. 지경　載(재)싣다. 해　誰(수)누구　憑(빙)기대다. 의지하다

中夜(중야) 한밤중
淸嘯(청소) 맑은 소리로 길게 끌어 시를 읊음
悽然(처연) 슬퍼하는 모양
東風(동풍) 동쪽에서 불어오는 바람. 봄바람
料峭(요초) 봄바람이 센 모양
崚嶒(능증) 산이 험준한 모양. 능층崚層
彭澤(팽택) 팽택령彭澤令을 지낸 도연명을 이름
少陵(소릉) 성당盛唐때 시인 두보杜甫의 호. 少陵에 살았던 데서 연유함
無限(무한) 한이 없음. 끝이 없음
千載(천재) 천세千歲. 긴 세월

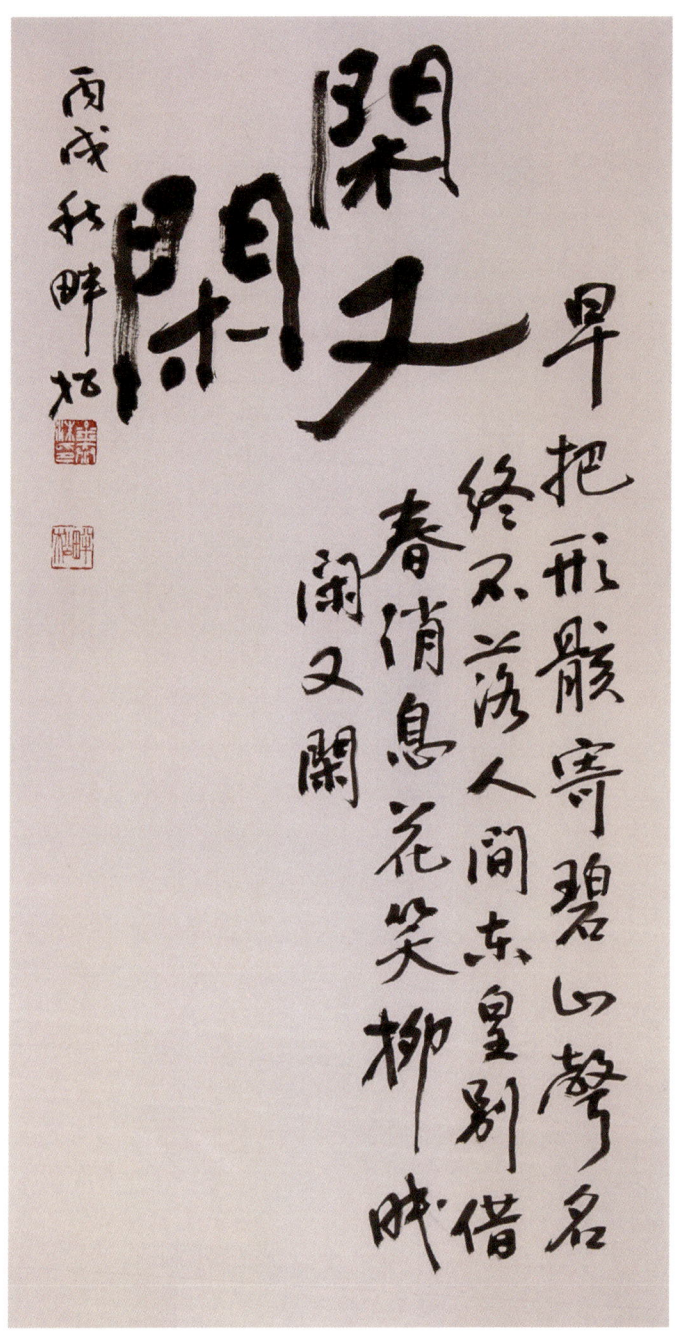

次清隱韻　34×66㎝

次淸隱韻

청은의 시에 차운하다

早把形骸寄碧山	일찍이 육신을 푸른 산에 맡겼으나
聲名終不落人間	명성은 끝내 인간세상에서 떨어지지 않네
東皇別借春消息	봄 신이 특별히 봄소식을 빌려 주니
花笑柳眠閑又閑	꽃이 웃고 버들도 잠자 한가롭고 한가롭네 <권3. 18>

次(차)버금. 차례 隱(은)숨다 韻(운)운 早(조)일찍 把(파)잡다 骸(해)뼈 寄(기)붙어 있다. 부치다 碧(벽)푸르다 皇(황)임금 借(차)빌리다 消(소)사라지다 柳(류)버들 眠(면)잠자다 又(우)또. 다시 閑(한)한가하다

次韻(차운) 남이 지은 시의 운자韻字를 따서 시를 지음. 또는 그 시
形骸(형해) 사람의 몸과 뼈. 육체
聲名(성명) 명성. 좋은 평판
東皇(동황) 봄의 신. 동군東君
花笑(화소) 꽃이 방긋이 웃는다는 뜻으로 '꽃이 핌'을 이름
閑又閑(한우한) 한가롭고 또 한가롭다

64

有客清平寺　春山任意遊
鳥啼孤塔靜　花落小溪沐
佳菜知時秀　香菌過
雨柔行吟入仙洞　消殺百年愁

東峯先生
詩有客

청평사에 들린 나그네 봄산에서 뜻대로 노니누나고요
가을고 흐르는 작은 냇물에 꽃이 지네 철중은 나물은 시철을 알아
돋아나고 향긋한 버섯은 비를 맞아 부드럽구나가며 읊조리며
신선골에 들어서거니나 나의 백년근심이 녹는구나

丁亥春坤松

有客 53×137㎝

有 客

손이 있어서

有客淸平寺	청평사에 들린 나그네
春山任意遊	봄 산에서 마음대로 노니네
鳥啼孤塔靜	새는 고요히 서 있는 탑에서 울고
花落小溪流	꽃은 졸졸 흐르는 작은 시내로 떨어지네
佳菜知時秀	좋은 나물은 시절을 알아 돋아나고
香菌過雨柔	향긋한 버섯은 비를 맞아 부드럽네
行吟入仙洞	가며 읊조리며 신선 골에 들어서니
消我百年愁	나의 백년 근심이 녹는구나 <권13. 23>

任(임)맡기다. 마음대로 遊(유)놀다 啼(제)울다 塔(탑)탑 靜(정)고요하다 佳(가)아름답다
菜(채)나물 菌(균)버섯 過(과)넘다. 지나다 柔(유)부드럽다 吟(음)읊다 洞(동)골. 골짜기
消(소)다하다. 사라지다 愁(수)근심

淸平寺(청평사) 강원도 춘성군春城郡에 있는 절. 김시습金時習이 이곳의 서향원瑞香院 암자에
은거하였음. 淸平은 '세상이 잘 다스려 태평함'의 뜻
任意(임의) 마음대로 함. 생각대로 함
行吟(행음) 걸으면서 시를 읊음. 걸어가면서 노래를 부름
仙洞(선동) 신선이 산다는 산골
百年愁(백년수) 한평생 근심. 일생의 근심

共堤香橙熟束手親樣老
翁喜説秋田熟比犢驅牛
荷短蓑西崦人家社酒香村

童來報老先嘗壽挑野菜
和根白兒摘山梨帶葉黄不
識干戈事征戰唯知耕耨

足稻梁田家所樂得何事
寒背蓮盧曝太陽
東峯先生詩丙戌秋日畔松

一間茅屋倚山園場畔菊
姑評正長未解平生榮爵
祿只誇平歲富農桑溪橋

日晚牛羊下秋壠風高禾
秋香待得兒童沽白酒拖
坎菰飯喚人嘗門靜雞群

喙晚禾初聞南舍釀新醅
擊壤歌罷催科少賽社
人歸醉舞多匝芊脆年兒

田家即事 23×70㎝×6

田家卽事

전가에서 본대로

一間茅屋倚山岡	한간짜리 띠 집이 산등성이에 의지해 있고
場畔翁姑語正長	마당가의 영감과 할멈은 말이 한참 길었네
未解平生榮爵祿	평생 영예로운 벼슬과 녹을 모르고
只誇卒歲富農桑	단지 한 해 동안 넉넉한 농잠만을 자랑하네
溪橋日晚牛羊下	해 저무니 시내 다리로 소와 양이 내려오고
秋壟風高禾秋香	가을 언덕에 바람 높고 벼와 차조 향기롭네
待得兒童沽白酒	아이들 술 사오는 것 기다리더니
旋炊菰飯喚人嘗	다시 고미로 밥을 지어 사람 불러 먹이네

門靜鷄群啄晚禾	고요한 문 앞에서 닭들은 늦벼를 쪼고
初聞南舍釀新醅	남쪽 집에서 새로 청주 걸렀다는 말 비로소 들리네
擊壤歌罷催科少	격양가가 끝났어도 세금 재촉은 적고
賽社人歸醉舞多	오곡 제사 마치고 돌아가며 취해 춤추는 사람 많네
區芋脆來兒共堀	두럭의 연한 토란 아이들과 함께 캐고
香橙熟處手親搓	향기롭게 익은 귤 손으로 친히 따네
老翁喜說秧田熟	늙은 영감은 밭벼 익은 걸 기쁘게 말하고
叱犢驅牛荷短蓑	송아지 꾸짖고 소를 몰며 짧은 도롱이 메었네

西崦人家社酒香	서쪽 산 집에서 제사 술이 향기롭다고
村童來報老先嘗	동네 아이 와서 어른 먼저 맛보시라 하네
妻挑野菜和根白	아내가 뜯은 들나물은 하얀 뿌리 달고
兒摘山梨帶葉黃	아이가 딴 산배에는 누런 잎 달려있네

不識干戈事征戰　　방패와 창으로 싸우는 일 모르고
唯知耕耨足稻粱　　밭갈고 김매어 곡식 풍족함만 알 뿐이네
田家所樂將何事　　농가의 즐거움 무엇이겠는가
寒背蓬廬曝大陽　　추우면 초가집에 등지고 햇볕 쪼이네　<권2. 32>

茅(모)띠　岡(강)산등성이. 언덕　姑(고)시어머니. 고모　爵(작)벼슬　祿(록)복. 녹　誇(과)자랑하다　桑(상)뽕나무　橋(교)다리　壟(농)언덕　秫(출)차조. 찹쌀　沽(고)팔다. 사다　旋(선)돌다·돌리다　炊(취)불때다　菰(고)고미(菰米)　喚(환)부르다　嘗(상)맛보다. 일찍이　群(군)무리　啄(탁)쪼다　舍(사)집　釀(양)술 빚다　醝(차)흰 술　擊(격)치다　壤(양)흙　罷(파)파하다　催(최)재촉하다　賽(새)굿. 굿하다　芋(우)토란　脆(취)연하다　堀(굴)파다　橙(등)귤　搓(차)비비다. 꼽다　秧(앙)모　熟(숙)익다　叱(질)꾸짖다　犢(독)송아지　驅(구)몰다　荷(하)연꽃. 메다　蓑(사)도롱이　崦(엄)산이름　挑(조)뽑다　(도)뛰다　菜(채)나물　摘(적)따다　征(정)치다　耨(누)김매다　稻(도)벼　粱(량)기장　蓬(봉)쑥　廬(려)오두막집. 농막　曝(포)볕쬐다 (폭)햇볕에 말리다

田家(전가) 시골의 집. 농가農家
茅屋(모옥) 띠로 지붕을 이은 집. 자기 집의 겸칭
翁姑(옹고) 시아버지와 시어머니
榮爵(영작) 영예로운 지위
祿(록) 녹봉祿俸(벼슬아치에게 주던 봉급)
卒歲(졸세) 한 해 동안
農桑(농상) 농사짓는 일과 누에치는 일. 농잠農蠶
白酒(백주) 막걸리. 탁주
菰飯(고반) 고미菰米(줄의 열매)로 지은 밥.
晩禾(만화) 늦벼
擊壤歌(격양가) 중국 당요唐堯때 늙은 농부가 땅을 두들기면서 "日出而作 日入而息 鑿井而飮 耕田而食 帝力何有於我哉(≪십팔사략十八史略≫권1) 해가 뜨면 나가 일하고 해가 지면 들어와 쉬네, 우물을 파서 마시고 밭갈아서 먹으니, 임금의 힘이 어찌 나에게 있으랴"라는 내용의 노래를 불렀다 한다. 이 후 농부가 태평세월을 읊은 노래를 뜻함
催科(최과) 조세租稅의 상납을 제촉함. 최조催租
賽社(새사) 오곡五穀의 풍작豐作을 신에게 감사하는 굿
秧田(앙전) 모자리
干戈(간과) 창과 방패. 전쟁
征戰(정전) 정벌하는 싸움. 전쟁
稻粱(도량) 벼와 메조. 곡식을 이름
蓬廬(봉려) 쑥대로 지붕을 인 집. 허술한 집. 은자의 집

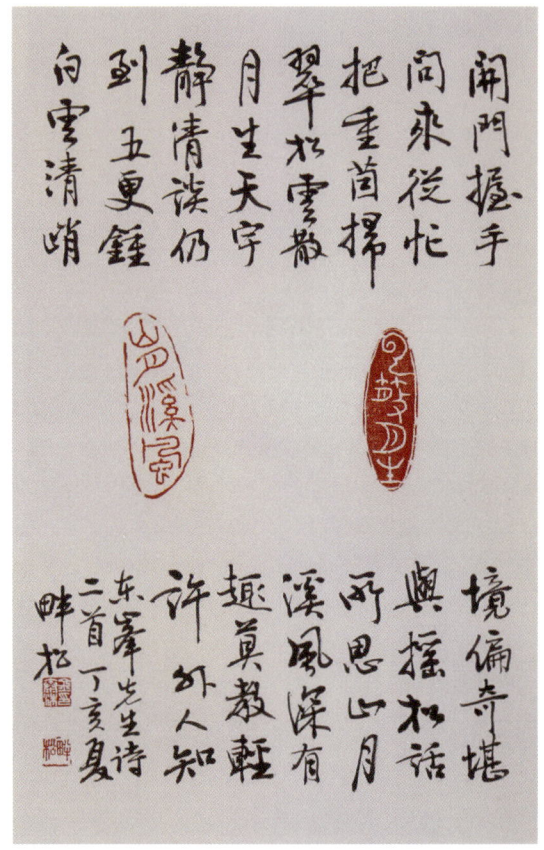

與詩人打話 23×35㎝

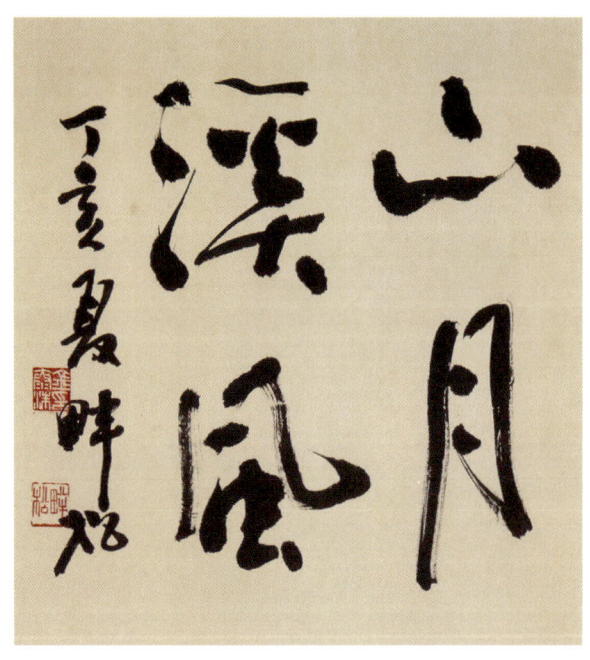

山月溪風 39×35㎝

與詩人打話

시인과 이야기 하고서

開門握手問來從	문 열고 손잡으며 어디서 오는가 묻고서
忙把重茵掃翠松	바삐 겹 방석 잡고 푸른 솔을 쓰네
雲散月生天宇靜	구름 흩어지니 달 나오고 하늘은 고요한데
淸談仍到五更鍾	청담은 새벽종 칠 때까지 이르렀네

白雲淸峭境偏奇	흰 구름은 맑고 높고 지경은 몹시 기이하여
堪與搖松話所思	흔들리는 소나무와 속마음 말할 만하네
山月溪風深有趣	산 위의 달과 시내 바람에 깊이 뜻이 있으니
莫教輕許外人知	가볍게 바깥사람에게 알게 하지 마라 <권15. 5>

與(여)더불다 打(타)치다 握(악)쥐다 忙(망)바쁘다 把(파)잡다 茵(인)자리 掃(소)쓸다 翠
(취)비취색 散(산)흩어지다 靜(정)고요하다 仍(잉)인하다 更(경)고치다. 시각 鍾(종)종. 쇠
북 峭(초)높고 험악하다. 가파르다 境(경)지경 偏(편)치우치다 奇(기)기이하다 堪(감)견디
다 搖(요)흔들(리)다 趣(취)추창하다. 뜻 許(허)허락하다

打話(타화) 대면對面하고 말함. 문답問答함
握手(악수) 손을 서로 잡음
翠松(취송) 푸른 소나무
雲散(운산) 구름이 흩어짐
天宇(천우) 하늘. 천하天下
淸談(청담) 세속을 떠난 고상한 이야기
五更(오경) 인시寅時(5시~7시) 곧 새벽. 更은 밤 시각의 칭호로 하룻밤을 초경初更·이경二更
·삼경三更·사경四更·오경五更의 다섯으로 나눈다
所思(소사) 생각하는 바. 생각
莫教(막교) ~하게 하지 마라. 莫은 금지. 教는 사역

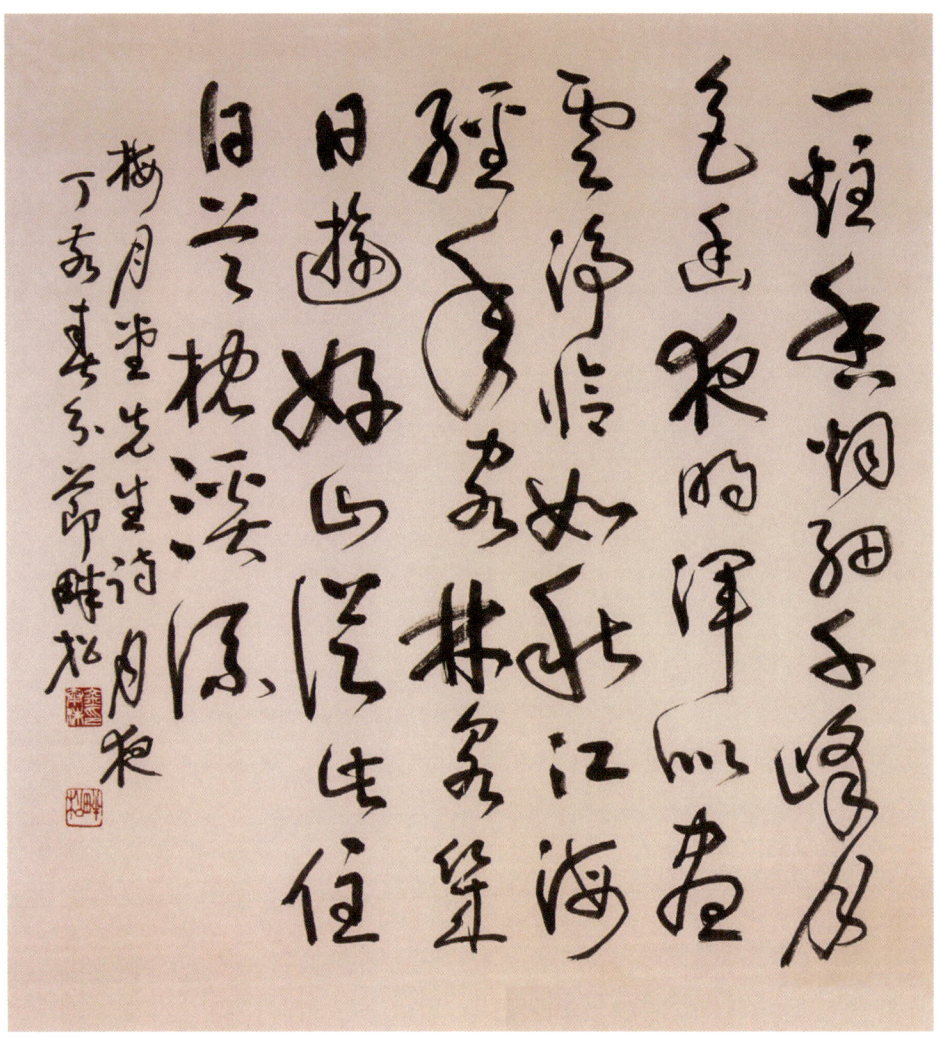

月夜　70×70㎝

月　夜
달　밤

一炷香煙細　　한 심지의 향 연기는 가늘고
千峯月色幽　　온 봉우리에 비친 달빛 그윽하네
夜明渾似晝　　밤은 밝아 온통 낮과 같고
雲淨恰如秋　　맑은 구름 마치 가을 같네
江海經年客　　강과 바다에서 해를 넘긴 나그네
林泉幾日遊　　임천에서 며칠이나 놀 것인가
好山從此住　　좋은 산이 있으면 이곳에서 머물어
白首枕溪流　　백발로 흐르는 물을 베게하리라　<권9. 27>

炷(주)심지. 향을 피우다　煙(연)연기　幽(유)그윽하다　渾(혼)흐리다. 섞이다. 모두. 아주　似(사)같다　淨(정)깨끗하다　恰(흡)마치. 흡사　經(경)날. 날실. 경서. 지내다　幾(기)얼마. 기미　遊(유)놀다　住(주)살다　枕(침)베개. 베다

一炷(일주) 한 개의 향
經年(경년) 해를 지냄
林泉(임천) 산림山林과 천석泉石. 수목이 울창하고 샘물이 흐르는 산 속. 세상을 버리고 은둔하기에 알맞은 곳
從此住(종차주) 이제부터 머물다. 從은 '~부터'의 뜻
白首(백수) 센 머리. 노인의 머리. 백두白頭
溪流(계류) 산골짜기에서 흐르는 물

我不客至嘆山中無悗人
孤雲與明月長伴洞天賓

清寒子先生詩一首 丙戌夏 逸樂齋關 金泰洙

絶俗 35×137㎝

絶 俗

속세를 끊다

我不客至嗔	나는 손님 이르러도 성내지 않지만
山中無俗人	산중에는 속인이 없다네
孤雲與明月	외로운 구름과 밝은 달이
長作洞天賓	늘 골짜기의 손님이 되어주네 <권9. 28>

俗(속)풍속. 속되다   嗔(진)성내다   孤(고)외롭다   洞(동)골. 구렁   賓(빈)손님

絶俗(절속) 속세를 떠남. 시속時俗에 관계하지 아니함
俗人(속인) 일반 세상의 사람. 속세의 사람
與(여) ~ 및. ~과(접속)
長(장) 길이. 오래도록. 늘
洞天(동천) 속세와 떨어져 신선들이 거처하는 곳. 산과 내에 둘린 경치 좋은 곳

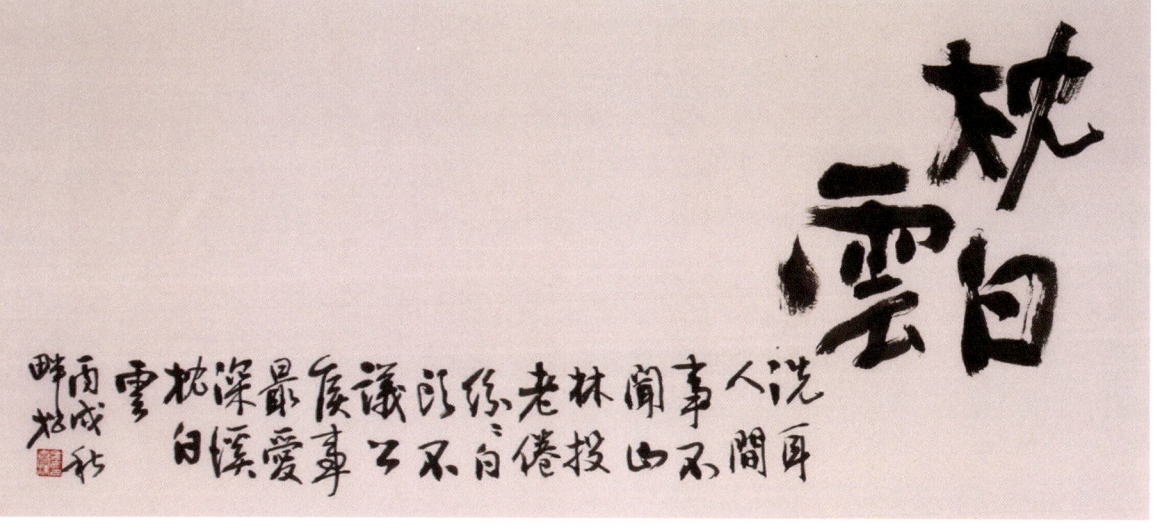

山居集句 70×32㎝

山居集句
산에 있으면서 집구하다

洗耳人間事不聞　　귀를 씻으니 인간세상의 일은 들리지 않고
山林投老倦紛紛　　산림에서 늙어가니 게으름도 분분하네
白頭不議公侯事　　늙어 공후의 일 논하지 아니하고
最愛深溪枕白雲　　흰 구름을 베고 있는 깊은 시내를 가장 아끼네　<권7. 9>

洗(세)씻다　投(투)던지다　倦(권)게으르다　紛(분)어지럽다　議(의)의논하다　侯(후)제후　最
(최)가장　枕(침)베개. 베다

集句(집구) 한시체漢詩體의 하나. 옛 사람이 지은 구句를 모아 새로 시를 만듦, 또는 그 시
洗耳(세이) 더러운 말을 들은 귀를 씻고 깨끗이 함. 요堯임금이 천자의 자리를 허유許由에게
물려주려 말을 하자 은자隱者인 허유는 자기의 본분에 자처하고 싶다고 거절한 후 더러운 말
을 들었다고 귀를 씻었다는 고사
投老(투로) 늙어감. 노년에 이름
紛紛(분분) 뒤섞이어 어수선한 모양
白頭(백두) 희게 센 머리
公侯(공후) 제후諸侯
最愛(최애) 가장 사랑함
枕白雲(침백운) 흰 구름을 베개 삼다. 누우면 흰 구름이 날아 들어옴을 의미함

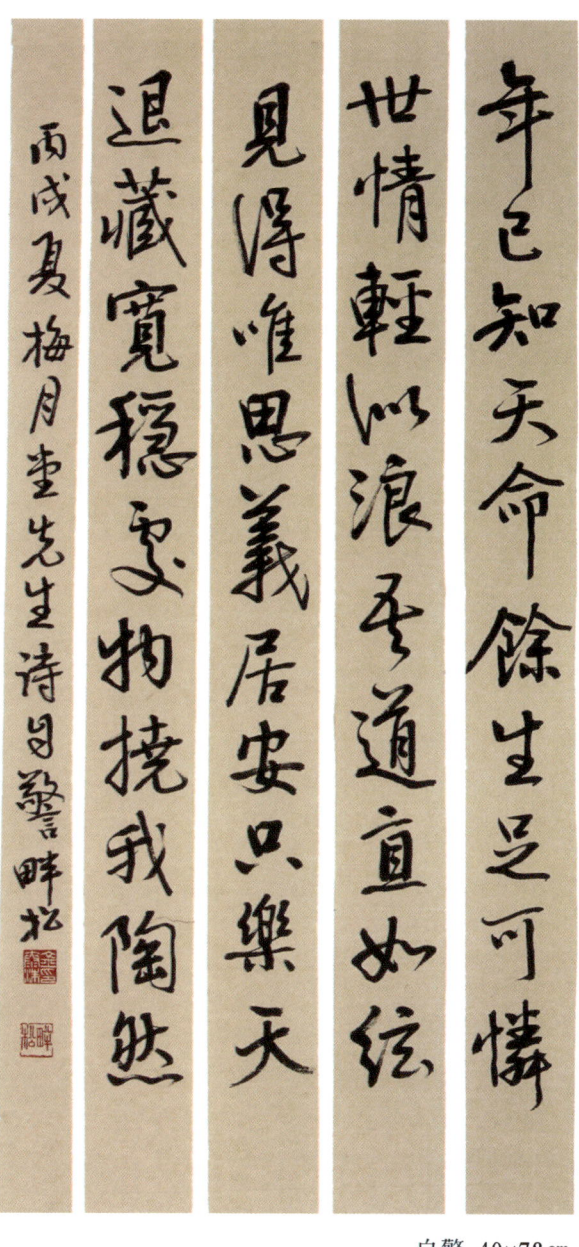

年已知天命餘生足可憐

世情輕似浪吾道直如絃

見得唯思義居安只樂天

退藏寬穩受物撓我陶然

丙戌夏梅月查先生詩曰警畔松

自警 40×78cm

自警
스스로 경계하다

年已知天命	나이 쉰을 넘으니
餘生足可憐	여생이 가련하구나
世情輕似浪	세상 인심은 가볍기 물결 같고
吾道直如絃	성인의 도는 줄처럼 곧구나
見得唯思義	얻을 것을 보면 오직 의를 생각하고
居安只樂天	편안하게 살며 다만 천명 즐기네
退藏寬穩處	물러나 너그럽고 안온한 곳에 은거하니
物撓我陶然	물욕이 흔들어도 나는 도연하네　<권13. 34>

警(경)경계하다　餘(여)남다　憐(련)불쌍하다. 가련하다　似(사)같다　浪(랑)물결　絃(현)악기 줄
唯(유)오직　藏(장)감추다　寬(관)너그럽다　穩(온)평온하다　撓(요)어지럽(히)다　陶(도)질그릇

自警(자경) 스스로의 마음이나 행동을 경계하여 주의함
知天命(지천명) 지명知命. 천명을 앎. 나이 50을 이름. ≪논어論語≫<위정爲政>에 "五十而知天命 쉰에 천명을 알다"에서 유래함
餘生(여생) 앞으로 남은 생명. 만년晚年. 남은 생애
可憐(가련) 신세가 딱하고 가엾음. 불쌍함. 귀여움
吾道(오도) 성인聖人의 도. 유생儒生들이 유교儒教의 도를 일컫는 말
世情(세정) 세상형태 세태世態. 세속에 관한 마음
退藏(퇴장) 물러나 숨음
陶然(도연) 술이 거나하게 취하여 기분 좋은 모양. 완전히 개방된 상태에서 누리는 즐거움

浮碧樓
부벽루에서

浮碧樓高秋水深	부벽루는 높고 가을 물은 깊은데
暮烟山色共沈沈	저녁놀과 산빛이 그윽하고 고요하네.
青雲橋畔野草暗	푸른 구름 다릿가엔 들풀은 어두운데
古塔刹頭幽鳥吟	옛 탑과 절 머리엔 산새가 읊조리네
遠浦風生歸客帆	먼 포구는 바람이니 나그네 배 돌아오고
荒城日落動寒砧	황폐한 성에 해 지니 다듬잇 소리 진동하네
白鷗不管興亡事	흰 갈매기는 흥하고 망하는 일 상관하지 않고
出沒綠波無箇心	별 생각없이 푸른 물결 따라 오르내리네 <권9. 36>

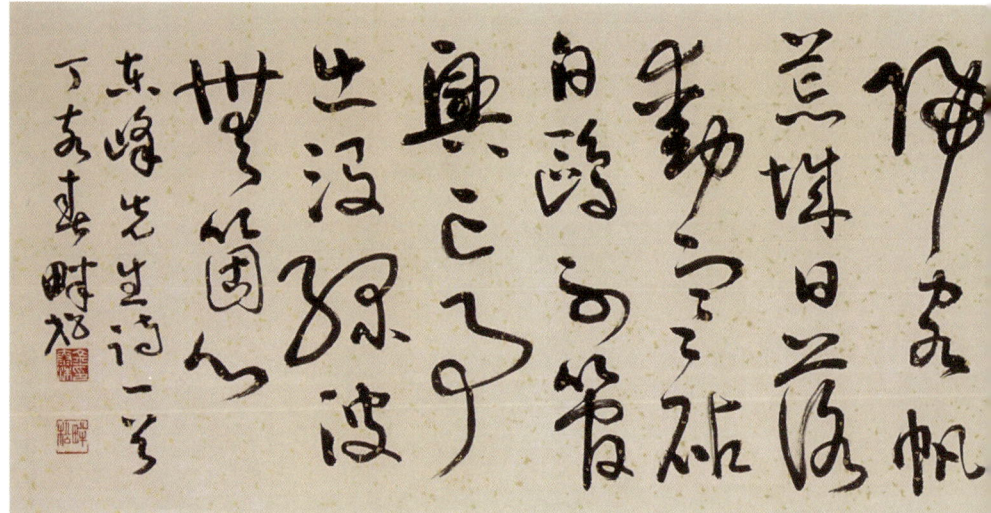

浮(부)뜨다　碧(벽)푸르다　樓(루)다락　烟(연)연기　沈(침)가라앉다　橋(교)다리　畔(반)두둑.
경계. 물가　塔(탑)탑　刹(찰)절. 탑　幽(유)그윽하다. 숨다　吟(음)읊다　浦(포)물가. 바닷가
帆(범)돛　荒(황)거칠다　砧(침)다듬잇돌　鷗(구)갈매기　管(관)관. 맡다. 주관하다　沒(몰)가라
앉다　綠(록)푸르다　波(파)물결

浮碧樓(부벽루) 평양平壤 대동강大同江가 모란대牧丹臺밑 절벽 위에 있는 누각
暮烟(모연) 저녁때 나는 연기
橋畔(교반) 다리 근처
沈沈(침침) 그윽하고 고요한 모양
幽鳥(유조) 깊은 산에 사는 새. 유금幽禽
出沒(출몰) 나타났다 숨었다 함. 보였다 안보였다 함
綠波(녹파) 푸른 물결. 푸른 파도

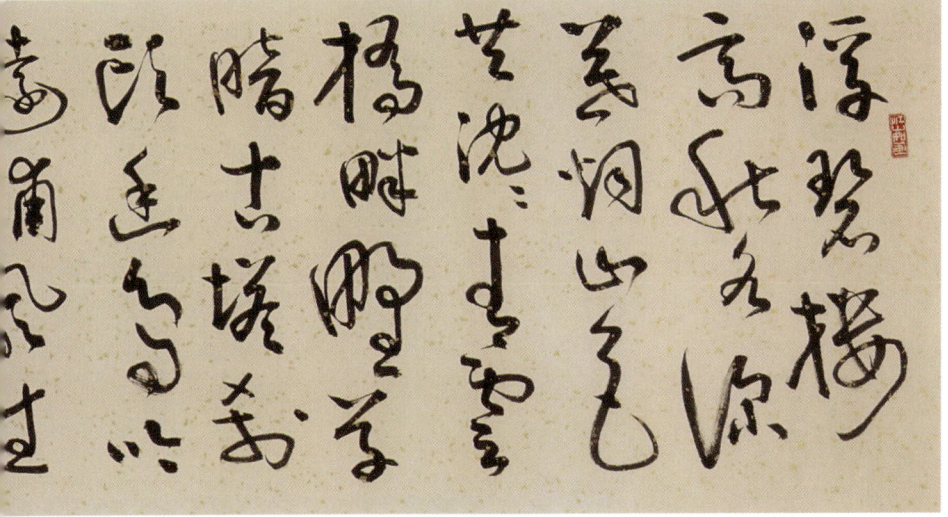

浮碧樓 137×35㎝

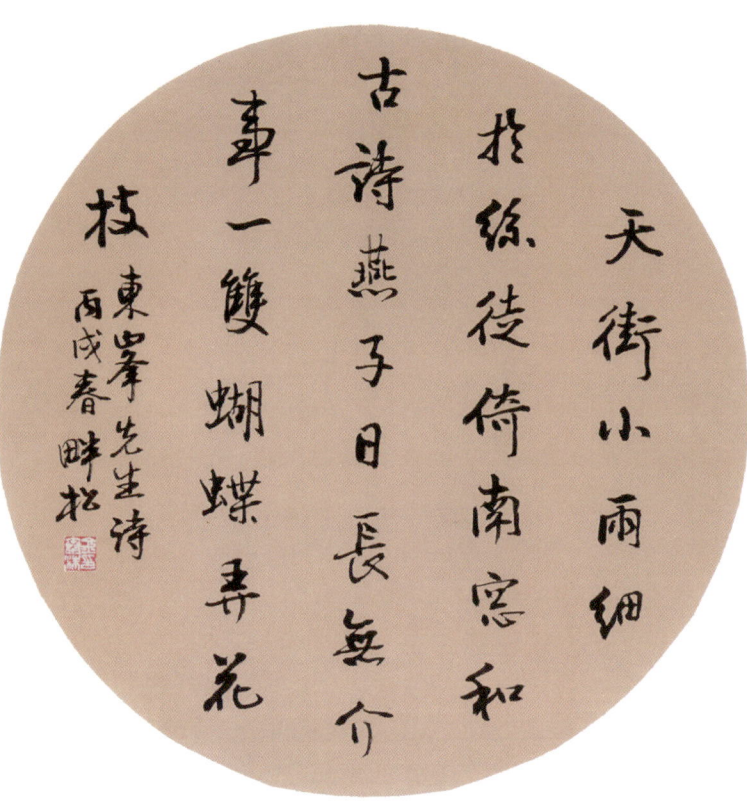

天街小雨细

於絲徒倚南窗和

古詩燕子日長無介

事一雙蝴蝶尋花

枝 東峯先生詩

丙戌春畔松

卽景 32×32cm

卽 景
보이는 경치

天街踈雨細於絲	큰 거리 가랑비 실보다 가늘고
徙倚南窓和古詩	남쪽 창에 옮겨 옛 시에 화운하네
燕子日長無介事	제비는 긴긴 날에 아무 일도 없고
一雙蝴蝶弄花枝	한 쌍 나비가 꽃가지를 희롱하네 <권2. 28>

街(가)거리 踈(소)트이다. 성기다 徙(사)옮기다 倚(의)기대다 燕(연)제비 介(개)끼다 雙(쌍)쌍 蝴(호)나비 蝶(접)나비 弄(롱)희롱하다 枝(지)가지

卽景(즉경) 바로 눈 앞에 보이는 광경이나 경치
天街(천가) 서울의 거리
踈雨(소우) 성기게 오는 비
細於絲(세어사) 실보다 가늘다. 於는 '～보다(비교)'의 뜻
徙倚(사의) 왔다갔다함
和(화) 화운和韻(남이 지은 운자韻字를 써서 답시答詩를 지음)
古詩(고시) 옛날 사람이 지은 시. 고대의 시. *고체시古體詩－구수句數와 자수字數에 제한이 없고 압운押韻에도 일정한 법칙이 없음
燕子(연자) 제비
蝴蝶(호접) 나비

佞臣近忠直　先意更承迎　朝進榱蠟鼠

口譽懷歡闔　情明君鑒機　先不隨姦

佞諂閣主窮侈欲　相與俱顯戮所以

廉來污淪喪殷商裔

丙戌夏清襄子先生詩　逸樂齋主畔松

無題　70×200cm

84

無 題
무 제

佞臣近忠直　아첨하는 신하 충직한 신하 같아
先意更承迎　뜻을 먼저 알고 받들어 맞네
朝進梔蠟口　아침에는 꾸미는 말 올리더니
暮懷欺罔情　저녁에는 속일 생각을 품네
明君鑑機先　밝은 임금은 기미를 먼저 살펴
不墮姦佞計　간사하고 아첨하는 꾀에 떨어지지 않지만
闇主窮侈欲　어두운 임금은 사치와 욕심 다하려다
相與俱顚蹶　서로 함께 굴러 넘어지네
所以廉來徒　그래서 간신 비렴과 염래의 무리가
淪喪殷商裔　은상의 후손을 망하게 하였네 　<권15. 4>

佞(녕)아첨하다　近(근)가깝다. 닮다　承(승)받들다　迎(영)맞이하다　梔(치)치자　蠟(랍)밀. 꿀 찌끼　懷(회)품다　欺(기)속이다　罔(망)없다. 속이다　鑑(감)거울. 보다. 살피다　機(기)기미. 기틀(미묘한 낌새). 기계　姦(간)간사하다　墮(타)떨어지다　闇(암)어둡다　侈(치)사치하다　俱(구)함께　顚(전)이마. 넘어지다　蹶(궐)넘어지다　廉(렴)청렴하다　徒(도)무리　淪(윤)빠지다 殷(은)성하다. 많다　裔(예)후손

忠直(충직) 충성스럽고 곧음
先意(선의) 임금의 뜻을 먼저 앎
梔蠟(치납) 실상은 보잘 것 없이 외양만 꾸밈을 가리키는 말
欺罔(기망) 속임. 거짓말을 함
顚蹶(전궐) 굴러 넘어짐. 일이 어긋나서 실패함
所以(소이) 일의 까닭·이유
廉來(염래) 은나라 최후의 왕 주紂의 간신 비렴飛廉과 악래惡來
淪喪(윤상) 망해 없어짐
殷商(은상) 탕왕湯王이 창건한 왕조. 처음에 商이라 하다가 후에 殷으로 개칭하였음

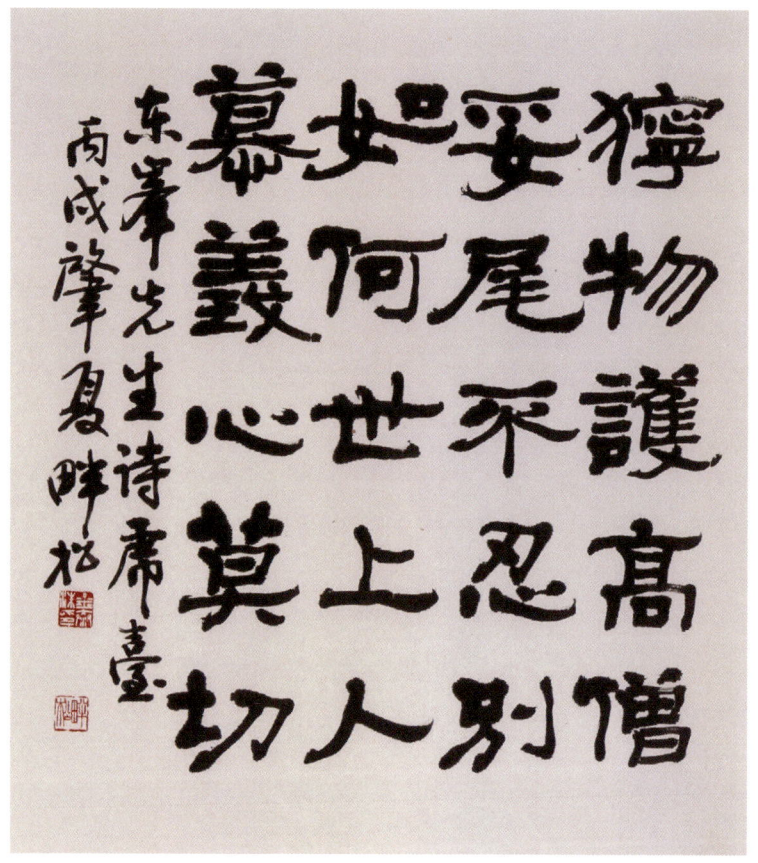

虎臺 47×47㎝

虎 臺

호대에서

獰物護高僧　　맹수도 고승을 보호하여
妥尾不忍別　　꼬리치며 차마 이별 못하였는데
如何世上人　　어찌하여 세상 사람들은
慕義心莫切　　의를 사모하는 마음 간절치 못하는가　<권11. 18>

臺(대)돈대. 집　獰(녕)모질다　護(호)보호하다　僧(승)중　妥(타)온당하다. 떨어지다　尾(미)꼬리　忍(인)참다. 차마하다　慕(모)사모하다　莫(막)아니다. 없다　切(절)베다. 간절하다 (체)모두

高僧(고승) 도덕 학식이 높은 중
不忍(불인) 차마하지 못함. 忍은 '차마하다'의 의미
如何(여하) 어찌하여. 어찌할꼬. 어떠한가
慕義(모의) 정도를 사모함

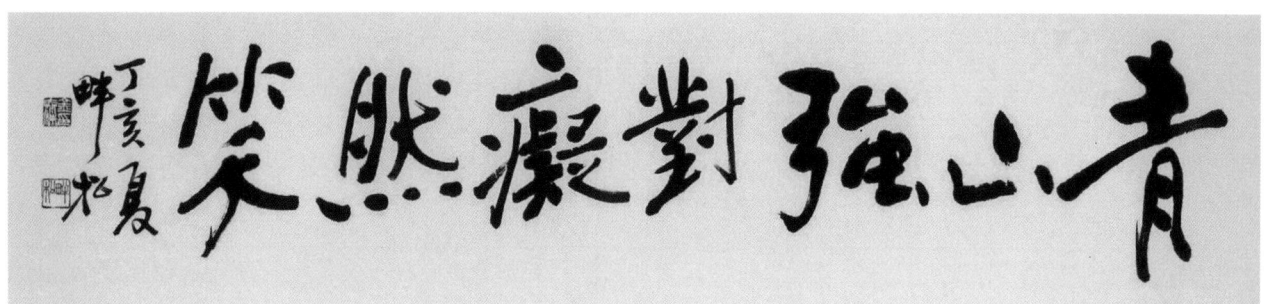

青山強對癡眠笑

贈峻上人 137×35㎝

贈峻上人

준 스님에게 주다

幽鳥一聲啼曉煙	그윽한 새 한번 소리내어 새벽 연기에 우짖고
當門松檜碧連天	문 앞 소나무와 전나무는 푸르름 하늘에 이었네
十年人事隨流水	십년 세월 사람의 일 유수와 같고
半日風光空杜鵑	반나절 풍광은 두견만 우네
詩句每因閑裏得	시구는 늘 한가로운 속에서 얻고
禪心多向靜中牽	선심은 다분히 고요한 속에서 끌리네
青山强對癡然笑	청산은 억지로 어리석은 이 대하여 그럴 듯 웃고
明月誰分落小泉	작은 샘에 떨어진 밝은 달은 누가 나누었나 <권3. 7>

贈(증)주다 峻(준)높다 幽(유)그윽하다 啼(제)울다 曉(효)새벽 碧(벽)푸르다 檜(회)전나무 連(연)잇다. 잇닿다 隨(수)따르다 杜(두)막다. 성 鵑(견)두견이 因(인)인하다 裏(리)속 禪(선)고요하다. 중 靜(정)고요하다 牽(견)끌다 癡(치)어리석다 誰(수)누구

上人(상인) 지덕이 뛰어난 중. 중의 존칭
幽鳥(유조) 깊은 산에 사는 새. 유금幽禽
半日(반일) 한나절
空(공) 공연히. 아무도 알아주지 않는다는 의미
風光(풍광) 해가 뜨고 바람이 불어 초목에 광채가 남. 풍경風景
杜鵑(두견) 뻐꾸기 비슷한 철새로 촉蜀나라 망제望帝의 죽은 넋이 화化하여 되었다는 전설이 있음. 두우杜宇·두백杜魄·불여귀不如歸·촉조蜀鳥·자규子規라고도 함
禪心(선심) 적정寂定의 마음을 선이라함

늙바탕이 차츰차츰 오는데 도리어 아는것 적음을 슬퍼하네
눈은 흐릿해 물건을 분별하기 어렵고 귀도어두워 조롱해도 알지
못하네 구들이 따뜻하면 자는것만 즐겁고 나물이 달아야 요기할수
있다네 인간의 많은 일 강은 데에 이제야 자못 서로 어긋남을 알았네

老境侵尋近遶嗟
識事稀眼昏難
辨物耳聵不知譏
炕煖惟耽睡蔬甘
可療飢人間多少事
方覺頗相違

清寒子先生詩老境 丁亥夏畔 於 金泰洙

老境 67×137㎝

老 境
늙바탕

老境侵尋近	늙바탕이 차츰차츰 다가오건만
還嗟識事稀	더욱 인생사 아는 것이 적음을 탄식하네
眼昏難辨物	눈은 흐릿해 물건을 분별하기 어렵고
耳聵不知譏	귀도 어두워 조롱을 알지 못하네
炕煖惟耽睡	구들은 따뜻하니 자는 것에 빠지고
蔬甘可療飢	나물은 달아 요기할만 하네
人間多少事	인간세상의 이런 저런 일들
方覺頗相違	이제야 자못 서로 어긋남을 알았네 <권15. 2>

境(경)지경   侵(침)침식하다. 범하다   尋(심)찾다   嗟(차)탄식하다   稀(희)드물다   昏(혼)날 저물다. 어둡다(잘 보이지 않음)   辨(변)분별하다   聵(외)귀머거리. 배내귀머거리   譏(기)나무라다·비난하다   炕(항)마르다. 굽다. 구들   煖(난)따뜻하다   耽(탐)즐기다   睡(수)자다   蔬(소)나물   療(료)고치다. 면하다   飢(기)주리다   方(방)이제. 바야흐로   頗(파)자못. 꽤   違(위)어기다

老境(노경) 늙바탕. 나이 먹음
侵尋(침심) 차츰차츰 밟아 들어감
療飢(요기) 음식을 먹어 시장기를 면함
多少(다소) 많음. 少는 어조사
方覺(방각) 이제(바야흐로) 깨닫다
相違(상위) 서로 어긋남

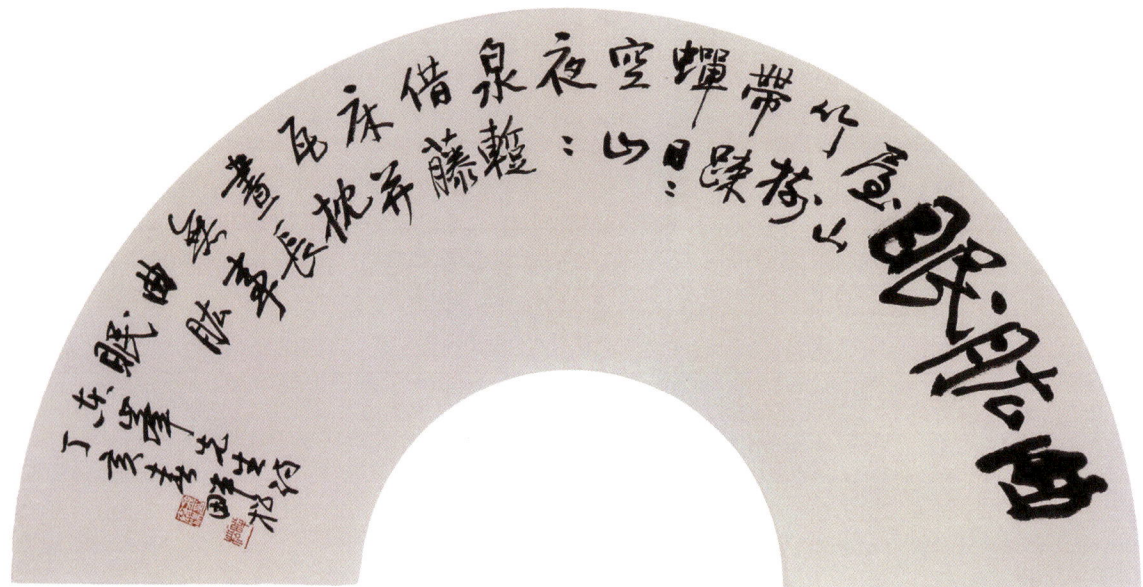

山居集句 52×26㎝

山居集句

산에 있으면서 집구하다

屋山竹樹帶疏蟬　지붕마루 대숲과 나무엔 성긴 매미 소리 둘러치고
日日空山夜夜泉　날마다 산은 쓸쓸하고 밤이면 샘물소리 들리네
暫借藤床幷瓦枕　잠시 등나무 평상과 도자기 베개 빌려
晝長無事曲肱眠　긴 날 일없이 팔을 베고 잠자노라　<권7. 6>

帶(대)띠　疎(소)성기다. 트이다　蟬(선)매미　暫(잠)잠시　借(차)빌리다　藤(등)등나무　床(상)상. 평상. 牀의 속자俗字　幷(병)아우르다. 겸하다　瓦(와)기와　枕(침)베개　肱(굉)팔뚝　眠(면)잠자다

集句(집구) 한시체漢詩體의 하나. 옛 사람이 지은 구句를 모아 새로 시를 만듦, 또는 그 시
屋山(옥산) 지붕마루. 옥배屋背
竹樹(죽수) 대숲과 수목樹木
空山(공산) 인기척이 없는 쓸쓸한 산
曲肱(곡굉) 곡굉지락曲肱之樂. 침구도 넉넉지 못하여 팔을 베고 자는 청빈淸貧에 만족하여 도를 탐구하는 즐거움. ≪논어論語≫에 "飯疏食飮水 曲肱而枕之 樂亦在其中矣 밥을 먹고 물을 마시며 팔을 굽혀 베더라도 즐거움 또한 그 안에 있다"는 말이 있다

窓裏無人吊柴扉盡日關心看世事
有淚憶雲山故舊成陳闊親朋絕往還
喜君留半日相對一開顏

清寒子先生詩一首
丙戌秋 畔松

喜友見訪 37×137㎝

喜友見訪

친구가 찾음이 기뻐서

客裏無人弔　객지에 위문하러 오는 이 없어
柴扉盡日關　사립문 온종일 닫혀있네
無心看世事　무심히 세상의 일을 바라보다가
有淚憶雲山　눈물지며 구름 걸린 산을 떠올리네
故舊成疏闊　친구들과 소원하게 되고
親朋絶往還　친한 벗도 왕래가 끊어졌네
喜君留半日　그대가 한나절 머문 것 반가워
相對一開顔　마주앉아 한바탕 즐겁게 웃었네　<권6. 12>

喜(희)기쁘다. 좋아하다. 사랑하다　訪(방)찾다. 방문하다　弔(조)조상하다. 문안하다　柴(시)섶
扉(비)문짝　關(관)빗장. 잠그다. 관계하다　淚(루)눈물　憶(억)생각하다, 기억하다　疏(소)뚫리
다. 멀다　闊(활)넓다. 성기다　還(환)돌아오다　留(류)머무르다　顔(안)얼굴

見訪(견방) 방문 받다. 見은 '당하다'의 뜻
客裏(객리) 타향에 있는 동안
盡日(진일) 온종일. 하루 종일
故舊(고구) 오래 전부터 사귀어 온 친구
雲山(운산) 구름에 잠겨 있는 산
疏闊(소활) 오랫동안 만나지 못함. 소식이 끊어짐
往還(왕환) 왕복往復. 갔다가 돌아 옴. 문서나 편지의 왕래
半日(반일) 한나절
開顔(개안) 즐겁게 웃는 것. 파안破顔

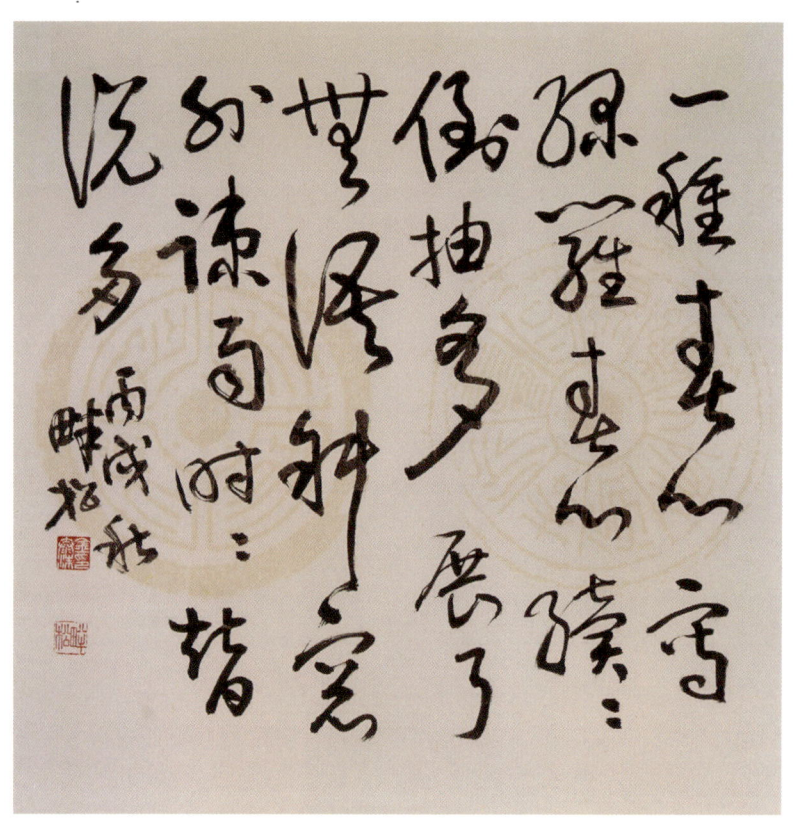

芭蕉 36×36㎝

芭 蕉
파 초

一種春心寫綠羅	한 종류 춘심이 푸르게 펼치는데
春心續續倒抽多	춘심이 잇따라 거꾸로 올라오네
展了無語斜窓外	비낀 창 밖에 말없이 펼쳐
疏雨時時替說多	가랑비에 때때로 떨어지는 것 많네 <권5. 21>

芭(파)파초　蕉(초)파초　寫(사)베끼다　羅(라)그물. 비단. 벌리다　續(속)잇다　倒(도)넘어지다.
거꾸로 되다　抽(추)빼다. 뽑다　展(전)펴다　了(료)마치다. 어조사　斜(사)기울다. 비끼다　疏
(소)트이다. 성기다　替(체)바꾸다. 대신하다. 쇠하다

續續(속속) 계속되는 모양. 잇따른 모양
疏雨(소우) 성기게 오는 비
時時(시시) 가끔. 때때로
說(탈) 벗다(탈脫)의 의미

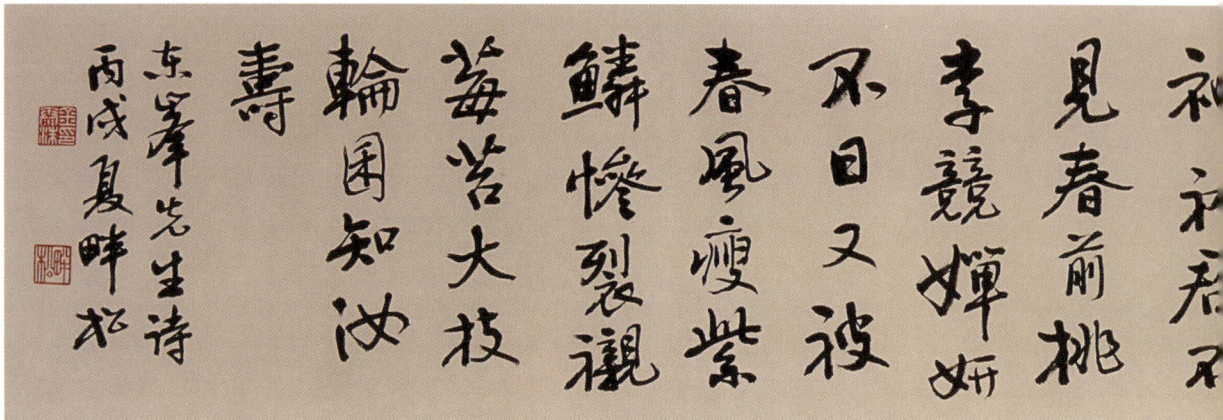

嶺上老松

고갯마루의 늙은 소나무

歲寒百草彫零後	추운 날씨에 온 풀이 시들어 떨어진 뒤
只有嶺上松獨秀	고갯마루에 소나무만이 빼어나네
幹排風雨老逾壯	줄기는 비바람 물리쳐 늙어 더욱 굳세고
根盤石上偃不仆	큰 바위에 뿌리내려 누워 넘어지지 않네.
臃腫不中繩與墨	혹이 생겨 먹줄에 들어맞지 않았으니
奇怪恰受鬼神祐	기괴함이 귀신의 도움받은 듯하네
君不見	그대는 보지 못했는가
春前桃李競嬋妍	봄 앞에서 복사와 오얏이 아리따움 다투다가
不日又被春風瘦	며칠 못가 또 봄바람에 시들어 버림을
紫鱗慘裂襯莓苔	붉은 비늘 모질게 터지고 이끼가 끼니
大枝輪囷知汝壽	굽고 꺾인 큰 가지의 그대 오래 산 걸 알겠네 <권5. 18>

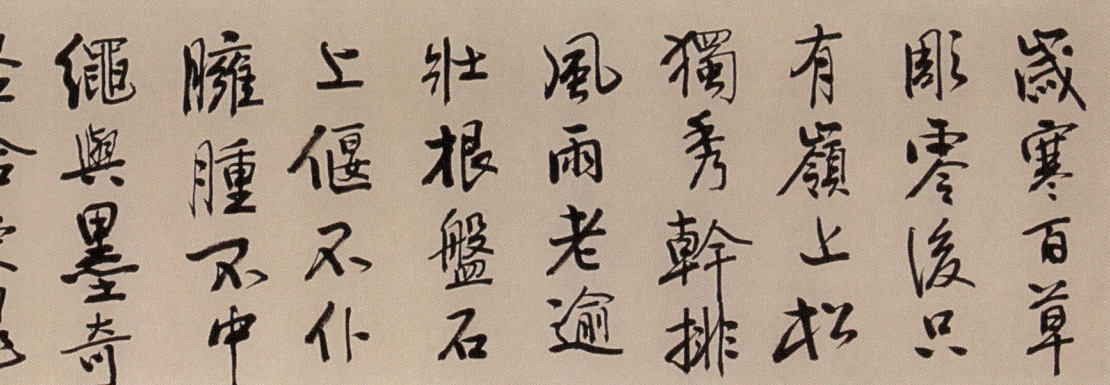

嶺上老松 137×23㎝

嶺(령)고개. 재　彫(조)새기다. 시들다(조凋)　零(령)비오다. 떨어지다　幹(간)줄기　逾(유)넘다. 더욱　盤(반)소반　偃(언)쓰러지다. 눕다　仆(부)엎드리다　朣(옹)부스럼　腫(종)부스럼　繩(승)줄. 먹줄　怪(괴)기이하다　恰(흡)마치　祐(우)돕다　嬋(선)곱다　妍(연)곱다　瘦(수)파리하다　紫(자)자줏빛　鱗(린)비늘　慘(참)참혹하다　裂(렬)찢어지다　襯(친)속옷. 접근하다　苺(매)이끼　苔(태)이기　枝(지)가지　輪(륜)바퀴. 꼬불꼬불하다　囷(균)둥근 곳집. 꼬불꼬불하다　汝(여)너　壽(수)목숨. 오래살다

嶺上(영상) 고개 위. 산 위. 고개마루
歲寒(세한) 추운 계절이 됨. 어려움을 당해도 굽히지 않음. ≪논어論語≫에 "歲寒然後知松柏之後彫也 날씨가 추워진 연후에 소나무와 잣나무가 늦게 시듦을 알 수 있다"고 하였다
彫零(조령) 시들어 떨어짐. 조락凋落
盤石(반석) 큰 바위. 매우 견고한 것
朣腫(옹종) 작은 부스럼. 종기. 나무에 달린 혹처럼 쓸모없는 것
不日(불일) 며칠 안 됨. 멀지 않아
苺苔(매태) 이끼
輪囷(윤균) 위아래 좌우로 꺾이고 굽은 모양

100

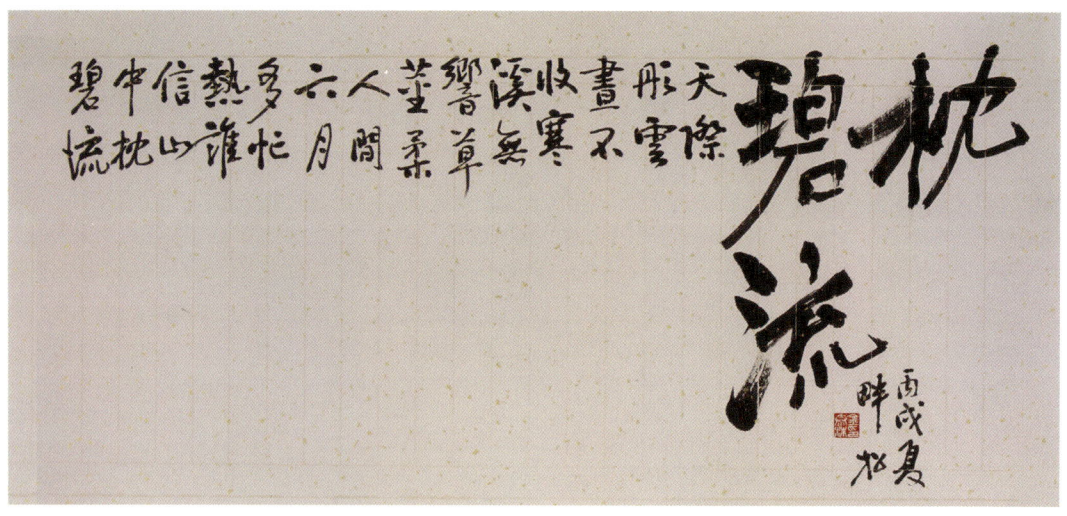

枕碧流

碧中信熱多六人莖響溪收畫形天
流枕山誰忙月間柔草無寒不雲際

畫景 67×34㎝

晝 景
낮 경치

天際彤雲晝不收　　하늘가의 붉은 구름 낮에도 걷히지 않고
寒溪無響草莖柔　　찬 시내는 울림 없고 풀줄기는 부드럽네
人間六月多忙熱　　인간세상의 한 여름은 더위에 다망한데
誰信山中枕碧流　　누가 산 속에서 푸른 물을 베고 누우리　<권4. 2>

際(제)가. 사이　彤(동)붉다　收(수)거두다　響(향)울리다　莖(경)줄기　柔(유)부드럽다　忙(망)
바쁘다　熱(열)덥다　誰(수)누구　信(신)믿다. 알다　枕(침)베개. 베다　碧(벽)푸르다　流(류)흐
르다

天際(천제) 하늘의 가. 하늘 끝. 곧 하늘의 가장 높은 곳
彤雲(동운) 붉은 구름
六月(유월) 음력 6월이므로 한 여름임
多忙(다망) 바쁨. 분망함

春氣今朝暖登山意未休緩
攜節竹節徐步小峯頭
陰壑當殘雪陽崖有細流風
光從此好理屩更遨遊
東峯先生詩登山 丙戌清明節 畔松

登山 47×103㎝

登山
산에 오르다

春氣今朝暖	오늘 아침 봄기운이 따뜻하니
登山意未休	산에 오르려는 생각이 그치지 않네
緩携笻竹節	느릿느릿 대마디 지팡이 끌고
徐步小峯頭	천천히 작은 산마루로 걸었네
陰壑留殘雪	그늘진 골에는 쇠잔한 눈이 남아 있고
陽崖有細流	볕드는 물기슭엔 물이 가늘게 흐르네
風光從此好	풍광은 이제부터 좋아지리니
理屩更遨遊	신발을 손질하고 다시 즐겁게 놀아보리 <권14. 28>

登(등)오르다 暖(난)따뜻하다 休(휴)쉬다. 그치다 緩(완)느리다 携(휴)끌다 笻(공)대 이름.
지팡이 節(절)마디 徐(서)천천히 壑(학)골. 구렁 留(유)머무르다 殘(잔)해치다. 남다 崖
(애)벼랑. 언덕. 물기슭(애涯) 從(종)따르다. ~부터 屩(교)신. 짚신 更(갱)다시 遨(오)노닐다

笻竹(공죽) 지팡이에 적합한 대나무 이름
峯頭(봉두) 산봉우리. 맨 꼭대기
殘雪(잔설) 녹다 남은 눈. 지난해의 눈
風光(풍광) 해가 뜨고 바람이 불어 초목에 광채가 남. 풍경風景
從此(종차) 이 다음. 이 후
遨遊(오유) 재미있게 놂

富貴生前身後名百季長是起慈城醉來優臥方為樂飽可閑成焰淂葇點：遠山明似黛澄：古澗淨如瓊幽居不用陷生業荷製新衣筆代耕 梅月坙先生詩一首 畔炤

書感 25×49㎝

書 感
느낀 것을 쓰다

富貴生前身後名	생전에 부귀하고 죽은 뒤 이름 얻으려
百年長是起愁城	한평생 길이 근심 일으키네
醉來偃臥方爲樂	취하여 드러누우면 바야흐로 낙이 되고
飽可閑眠始得榮	배부르면 한가하게 잠자니 비로소 영화롭네
點點遠山明似黛	점점이 보이는 먼 산은 눈썹처럼 또렷하고
澄澄古澗淨如瓊	맑고 맑은 시냇물은 옥돌같이 깨끗하네
幽居不用治生業	그윽히 거처하여 생업을 닦지 않고
荷製新衣筆代耕	연잎으로 새 옷 짓고 붓으로 밭 갈리라 <권1. 16>

感(감)느끼다　愁(수)근심　醉(취)취하다　偃(언)넘어지다·눕다　臥(와)눕다　飽(포)배부르다
眠(면)잠자다　似(사)같다　黛(대)눈썹그리다. 눈썹먹으로 그린 눈썹　澄(징)맑다　澗(간)산골
물　淨(정)깨끗하다　瓊(경)옥　荷(하)연꽃　製(제)마르다(裁裁). 짓다　耕(경)밭갈다

書感(서감) 느낀 것을 쓰다
身後名(신후명) 죽은 뒤의 명예. 身後는 죽은 뒤, 사후死後
百年(백년) 한평생. 오랜 세월
愁城(수성) 근심 걱정으로 고생하는 처지
偃臥(언와) 드러누움. 엎드리어 잠
點點(점점) 작은 물건이 수없이 있는 모양. 물방울이 뚝뚝 떨어지는 모양
澄澄(징징) 맑고 깨끗한 모양
幽居(유거) 세상을 피하여 한적하고 궁벽한 곳에 삶

萬壑千峰外　孤雲獨鳥還
此身居是寺　來歲白何山
風息松窗靜　香銷禪室閑
生生至色斷樓逐水雲間

乙酉大寒梅月重詩晚意畔松

晚意 35×68cm

晚 意
저물녘의 생각

萬壑千峯外　수많은 골과 봉우리 너머에서
孤雲獨鳥還　외로운 구름과 새 돌아오네
此年居是寺　올해는 이 절에서 지냈지만
來歲向何山　내년에는 어느 산으로 향할까
風息松窓靜　바람자니 소나무 비친 창은 고요하고
香銷禪室閑　향 다하니 선실도 한가하네
此生吾已斷　이 인생 내 이미 끊었으니
棲迹水雲間　물과 구름 사이에 자취를 붙이리라　<권9. 27>

晚(만)늦다. 저물다　壑(학)골. 산골짜기　峯(봉)봉우리　還(환)돌아오다　息(식)쉬다　窓(창)창
靜(정)고요하다　銷(소)녹이다. 다하다　禪(선)고요하다. 중　已(이)이미. 그치다　斷(단)끊다
棲(서)살다. 깃들다. 머무르다　迹(적)자취. 행적

晚意(만의) 저물녘에 생각
萬壑千峯(만학천봉) 수많은 골짜기와 수많은 봉우리
孤雲(고운) 외로이 떠있는 구름
此年(차년) 올해
禪室(선실) 좌선坐禪하는 방
水雲(수운) 물과 구름. 곧 속기를 떠나 맑고 깨끗하다는 뜻

退慳鬼 70

退慳鬼

인색한 귀신을 물리치다

馬少游曰 凡多財 貴能賑施 否則守錢虜耳 余歎世上富足之人 自奉猶惜 況能賑
人 至於貫朽粟腐 引他 後世子孫 驕奢豪俠 以至累族而後已 故賦退慳鬼以警之

마소유가 말하기를 "무릇 재물이 많으면 널리 베풀어 주는 것이 귀한 것이요, 그렇지 않으면 수전노일 따름이다."라고 하였다. 나는 세상의 부하고 족한 사람들은 자신의 봉양도 오히려 아끼는데, 하물며 돈 꾸러미와 곡식이 썩음에 이른들 그것을 끌어 내 남을 도울 수 있겠는가. 후세 자손들은 교만하고 호사하여 몇 대 후에 끝날 것을 탄식한다. 그러므로 퇴간귀退慳鬼를 지어 이를 경계한다.

此生須愛惜	이 생명 사랑하고 아껴야 하네
百世一浮塵	백 대에서 하나의 뜬 티끌이니
得食須加飱	먹을 것 얻으면 잘 먹고
縫衣必着身	옷 짓거든 꼭 몸에 입어야 하네
儲錢妖作祟	돈을 쌓아두면 요귀에게 빌미가 되고
悋粟鼠爲囷	곡식을 아끼면 쥐의 광이 된다네
昔日繁華地	옛날 번화하던 곳이
年年草自春	해마다 잡초만이 절로 봄이네 <권15. 7>

慳(간)아끼다 游(유)헤엄치다. 놀다 賑(진)구휼하다 施(시)베풀다 虜(노)포로. 사롭잡다. 종 余(여)나 歎(탄)탄식하다 奉(봉)받들다 惜(석)아끼다 貫(관)꿰다. 돈꿰미 朽(후)썩다 粟 (속)조. 겉곡식 腐(부)썩다 驕(교)교만하다 奢(사)사치하다 豪(호)호걸. 호협하다 俠(협)호 협하다 累(루)매다. 더하다. 더럽히다 已(이)그치다. 이미 賦(부)구실. 글. 짓다 警(경)경계 하다 浮(부)뜨다 塵(진)티끌 飱(손)저녁밥. 밥 縫(봉)꿰매다 着(착)입다. 붙다 儲(저)쌓다 妖(요)괴이하다. 요사한 귀신 祟(수)빌미 悋(인)아끼다. 인색하다 鼠(서)쥐 囷(균)곳집 繁 (번)많다. 번성하다

愛惜(애석) 사랑하고 아낌
百代(백대) 백의 세대世代. 전轉하여 영구·영원의 의미
浮(부) ≪장자莊子≫<극의劇意>에 "其生若浮 其死若休 사는 것이 뜬 것 같고 죽는 것이 쉬는 것 같다"라 하였다
加餐(가찬) 음식을 많이 먹음. 식사를 잘함. 몸을 소중히 함
退慳鬼(퇴간귀) 인색한 귀신을 물리치다
馬少游(마소유) 동한東漢 초初 복파장군伏波將軍 마원馬援의 종제從弟
振施(진시) 가난한 사람에게 물자를 베풀어 줌
守錢虜(수전노) 수전노守錢奴. 돈을 지나치게 아껴 모을 줄만 알고 쓸 줄을 모르는 사람을 욕으로 이르는 말
貫朽(관후) 돈꿰미가 썩는다는 뜻으로 돈이 많음을 이름
驕奢(교사) 교만하고 사치스러움
豪俠(호협) 호탕하고 의협심이 많음

踈桐砌雨催更逼
注露此螢語草叢
露白漾波江吐月
冷光摇葉竹生風

明窗低帳橫梅小
淡月迷簾映竹寒
晴雪壓枝棲鶴老
冷風散夜點星圓

丁亥變暑節畔松

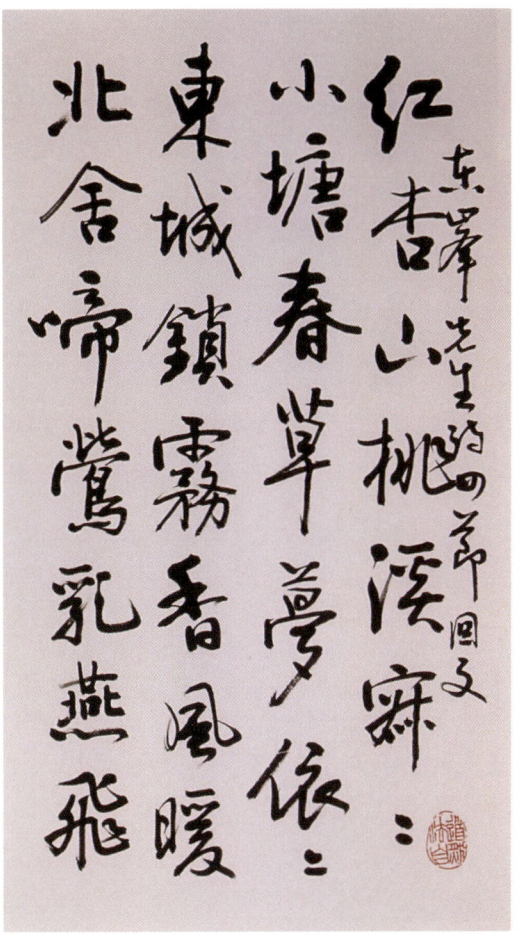

紅杏山桃溪麻麻：
小塘春草夢依：
東城鎖霧香風暖
北舍啼鶯乳燕飛

涼簟藤牀寒徹骨
綠瓜冰函冷侵脣
堂圍竹影清風產
檻透山光碧黛顰

四節回文 40×70㎝×4

四節回文

사계절 회문시

春

紅杏山桃溪寂寂	붉은 살구와 소귀나무 꽃 만발한 시내 적적하고
小塘春草夢依依	작은 못가에 봄풀은 꿈속에 어렴풋하네
東城鎖霧香風暖	동쪽 성은 안개에 잠겨 향기로운 바람 따뜻하고
北舍啼鶯乳燕飛	북쪽 집엔 꾀꼬리 울고 어린 제비 나네

夏

涼簟藤床寒徹骨	등나무 평상에 시원한 대자리 찬기가 뼈에 사무치고
綠瓜冰函冷侵唇	얼음에 싸인 푸른 수박 냉기 입술에 얼얼하네
堂圍竹影清風産	집을 두른 대 그림자 맑은 바람 만들고
檻透山光碧黛顰	난간에 산 빛 들어와 푸른 눈썹 찡그리네

秋

疏桐砌雨催更逼	성긴 오동의 섬돌에 내리는 비는 추위를 재촉하고
泣露秋蛩語草叢	이슬 맞아 우는 귀뚜라미 풀숲에서 속삭이네
虛白漾波江吐月	흰 물결 출렁이며 강은 달을 토해내는데
冷光搖葉竹生風	서늘한 빛 잎 흔드니 대에 바람이 이는구나

冬

明窓紙帳橫梅小	밝은 창 얇은 장막에 작은 매화 비꼈는데
淡月疏簾映竹寒	성긴 발의 으스름한 달 차가운 대나무 비추네
晴雪壓枝棲鶴老	갠 눈은 가지를 누르고 깃들인 학도 늙었는데
冷風敲夜點星團	찬바람은 밤을 두드리고 작은 별들 모여있네 <권3. 39>

杏(행)살구 桃(도)복숭아 塘(당)못 依(의)의지하다 鎖(쇄)잠그다 霧(무)안개 暖(난)따뜻하다 舍(사)집 啼(제)울다 鶯(앵)꾀꼬리 燕(연)제비 涼(량)서늘하다 簞(점)대자리 藤(등)등나무 徹(철)통하다 瓜(과)오이. 참외 函(함)휩싸다. 함 冷(랭)차다 脣(순)입술 檻(함)난간 透(투)통하다 黛(대)눈썹 그리다. 눈썹먹으로 그린 눈썹 顰(빈)찡그리다 桐(동)오동나무 砌(체)섬돌 催(최)재촉하다 逼(핍)다가오다. 핍박하다 泣(읍)울다 蛩(공)귀뚜라미 叢(총)모이다. 떨기 漾(양)물 출렁거리다 吐(토)토하다 冷(냉)차다 搖(요)흔들다 帳(장)휘장 簾(렴)발 映(영)비추다. 비치다 晴(청)개다 壓(압)누르다 棲(서)살다. 깃들이다 冷(냉)차다 敲(고)두드리다 團(단)둥글다. 모이다 點(점)점. 점검하다(세다)

四節(사절) 사시四時. 춘하추동春夏秋冬
回文(회문) 회문시回文詩. 한시체漢詩體의 하나로 순역종횡順逆縱橫 어느 쪽으로 읽어도 체體를 이루고 의미가 통하는 시. 진晉 소백옥蘇伯玉 아내의 반중시盤中詩가 효시嚆矢
山桃(산도) 소귀나무. 봄에 황홍색의 꽃이 피고 여름에 자줏빛 열매를 맺음
寂寂(적적) 외롭고 쓸쓸한 모양
依依(의의) 멀어서 희미한 모양
乳燕(유연) 어린 제비
徹骨(철골) 뼈에 사무침
疏桐(소동) 가을바람에 잎이 떨어져 해성해진 오동나무
泣露(읍로) 가을 이슬에 젖어 슬피 욺
草叢(초총) 풀 숲
虛白(허백) 텅 빔
冷光(냉광) 찬 느낌을 주는 빛
紙帳(지장) 종이로 만든 장막. 종이로 만든 모기장
淡月(담월) 으스름한 달
星團(성단) 하늘에 군데군데 모여 있는 별

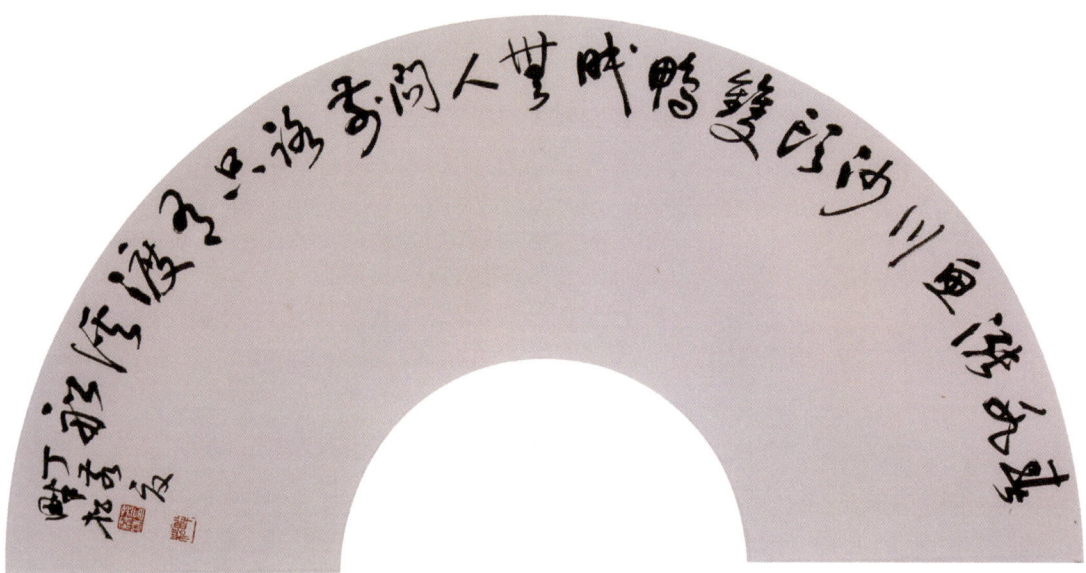

渡魚川　52×26㎝

渡魚川

어천을 건너며

春氷漲魚川	봄 얼음 녹아 어천에 물 불고
沙頭雙鴨眠	모래 가에는 오리 한 쌍 졸고 있네
無人問前路	앞 길을 물어 볼 사람은 없고
只有渡溪船	다만 시내를 건네주는 배만 있네　　<권9. 21>

渡(도)건너다　漲(창)물이 불다　沙(사)모래　雙(쌍)쌍　鴨(압)오리　眠(면)잠자다. 졸다　只(지)
다만　船(선)배

渡魚川(도어천) 어천을 건너다
春氷(춘빙) 봄철에 어는 얼음
沙頭(사두) 물가 백사장
眠(면) 졸다. 곧 조수鳥獸가 쉼을 의미함

見人迥蘿鳴離板
玄言牛根屋瓜屋
孫居羊禾角迤依
此蓨黍稚繁　山
地日田子錦　闌
徒喧原語鳩　堙

東峯先生詩
丁亥春　畔如

山家　70×70㎝

山 家
산 집

板屋依山礀	판잣집은 산 개울에 의지했고
檉籬瓜瓞繁	능수버들 울타리에 오이덩굴 무성하네
錦鳩鳴屋角	아름다운 비둘기는 지붕에서 울고
稚子語籬根	어린아인 울밑에서 도란거리네
禾黍田原逈	벼와 기장 심은 논밭은 멀리 이어지고
牛羊落日喧	소와 양은 해질녘이라 시그럽네
人言居此地	소문에 여기에 사는 이들은
往往見玄孫	가끔 고손자를 본다하네 <권9. 28>

板(판)널조각. 판자 屋(옥)집. 지붕 依(의)의지하다 礀(간)산골시내 檉(정)능수버들 籬(리)울타리 瓞(질)작은 오이 繁(번)많다. 성하다 錦(금)비단. 아름답다 鳩(구)비둘기 稚(치)어리다 黍(서)기장 原(원)언덕. 들. 근원 逈(형)멀다 喧(훤)지껄이다 往(왕)가다. 이따금 玄(현)검다. 현손

板屋(판옥) 판자로 벽을 한 집
瓜瓞(과질) 큰 오이와 작은 오이. 오이덩굴. 자손의 번창을 비유함
屋角(옥각) 지붕의 모서리
稚子(치자) 어린아이
籬根(이근) 울타리 밑
禾黍(화서) 벼와 기장. 곡류
落日(낙일) 저무는 해
人言(인언) 남의 말. 세인의 평판이나 소문
往往(왕왕) 이따금. 때때로
見玄孫(견현손) 고손자를 보다. 곧 이곳이 살기 좋은 곳이라 장수長壽한다는 의미. 玄孫은 증손曾孫의 아들, 곧 손자의 손자

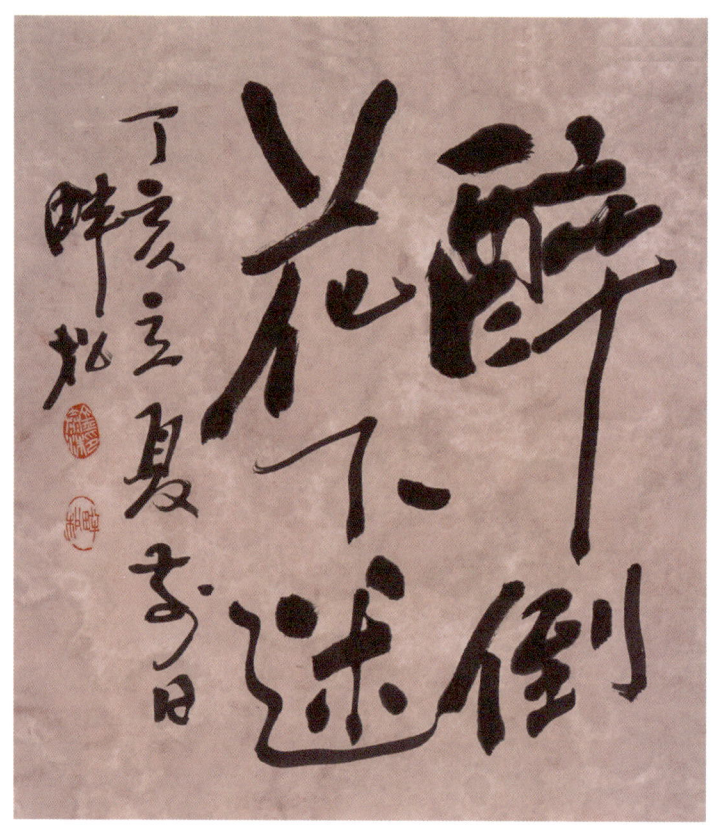

醉倒花不迷

丁亥立夏醉松

偶成 35×35㎝

偶 成

우연히 이루다

櫪葉深深布穀啼	가죽나무 잎 무성하고 뻐꾸기는 우는데
山深五月尙凄凄	산이 깊으니 여름인데도 오히려 서늘하구나
朝來霧重巖光潤	아침에 안개 짙으나 바위는 빛이 나고
晚後風過樹影低	저녁 늦게 바람 스쳐가니 나무 그림자 나직하네
老境唯思身似鶴	늘그막에 오직 몸이 학과 같기를 생각하였는데
病餘方覺面如梨	병 끝에 얼굴이 배와 같음을 깨달았네
平生習氣消磨盡	평생의 버릇 닳아 없어졌지만
未斷醉倒花下迷	꽃 아래 취해 눕는 버릇 아직 끊지 못하네　<권2. 20>

偶(우)우연히. 짝　櫪(력)가죽나무. 말구유　穀(곡)곡식　啼(제)울다　尙(상)오히려　凄(처)쓸쓸하다. 춥다. 차갑다　霧(무)안개　巖(암)바위　潤(윤)젖다. 윤이 나다　影(영)그림자　低(저)낮다　唯(유)오직　似(사)같다　鶴(학)학　覺(각)깨닫다　梨(리)배　習(습)익히다　消(소)사라지다　磨(마)갈다　盡(진)다하다　斷(단)끊다　醉(취)취하다　倒(도)넘어지다　迷(미)미혹하다

偶成(우성) 뜻 밖에 됨. 우연히 이루어진 작품
深深(심심) 고요하고 희미한 모양. 깊숙하고 어두침침한 모양. 깊고 깊음
布穀(포곡) 뻐꾸기. 布穀은 '뻐꾹' 새 소리의 음차音借이면서 '씨 뿌려라'는 의미가 있다
五月(오월) 음력 5월은 중하仲夏이므로 여름임
光潤(광윤) 광택. 윤
凄凄(처처) 차고 쓸쓸한 모양
病餘(병여) 병을 앓고 난 뒤. 병후病後
習氣(습기) 습관習慣
消磨(소마) 닳아 없어짐
未斷(미단) 아직 끊지 못하다
醉倒(취도) 술에 취하여 넘어짐. 흠뻑 취해버림
花下(화하) 꽃이 피어 있는 꽃나무 아래

最憐松竹菊獨守歲寒心
插棘編籬短筤林築徑條
幅巾多野趣藜杖稱閒吟
蕭散遺人事橫徑閱古今
丁亥夏東峯先生詩一首畔松

偶吟　34×70㎝

偶 吟

우연히 읊다

最憐松竹菊	솔·대·국화를 가장 아끼니
獨守歲寒心	추워도 변치 않는 마음 홀로 지키네
挿棘編籬短	가시나무 꽂아 짧은 울타리 엮고
芟林築徑深	덤불 깎아 으슥한 지름길 다지네
幅巾多野趣	은사는 자연의 정취가 많으니
藜杖稱閑吟	청려장 짚고 한가하게 읊기에 걸맞네
蕭散遺人事	소산하게 사람의 일 뒤로 하고
橫經閱古今	경서 펴고 고금을 살펴보네 <권1. 20>

偶(우)짝. 우연히 吟(음)읊다 最(최)가장 憐(련)가엾다. 사랑하다 挿(삽)꽂다 棘(극)가시나무 編(편)엮다 籬(리)울타리 芟(삼)베다 築(축)쌓다. 다지다 徑(경)지름길 幅(폭)폭. 너비 藜(려)명아주 杖(장)지팡이 蕭(소)쑥. 쓸쓸하다 散(산)흩어지다 遺(유)남(기)다 橫(횡)비끼다. 가로 閱(열)검열하다. 보다

偶吟(우음) 얼핏 떠오르는 생각을 시가詩歌로 읊음. 우연히 지은 시가
松竹菊(송죽국) 세한삼우歲寒三友. 겨울철 관상용 세 가지 소나무·대나무·국화
歲寒(세한) 추운 계절이 됨. 어려움을 당해도 굽히지 않음
幅巾(폭건) 머리를 뒤로 쌓아 덮는 비단으로 만든 두건頭巾, 주로 은사隱士가 씀
野趣(야취) 시골의 정취
藜杖(려장) 명아주 줄기로 만든 지팡이. 가벼우므로 노인이 많이 짚음
蕭散(소산) 쓸쓸하고 한산함
橫經(횡경) 경서를 펴 들음

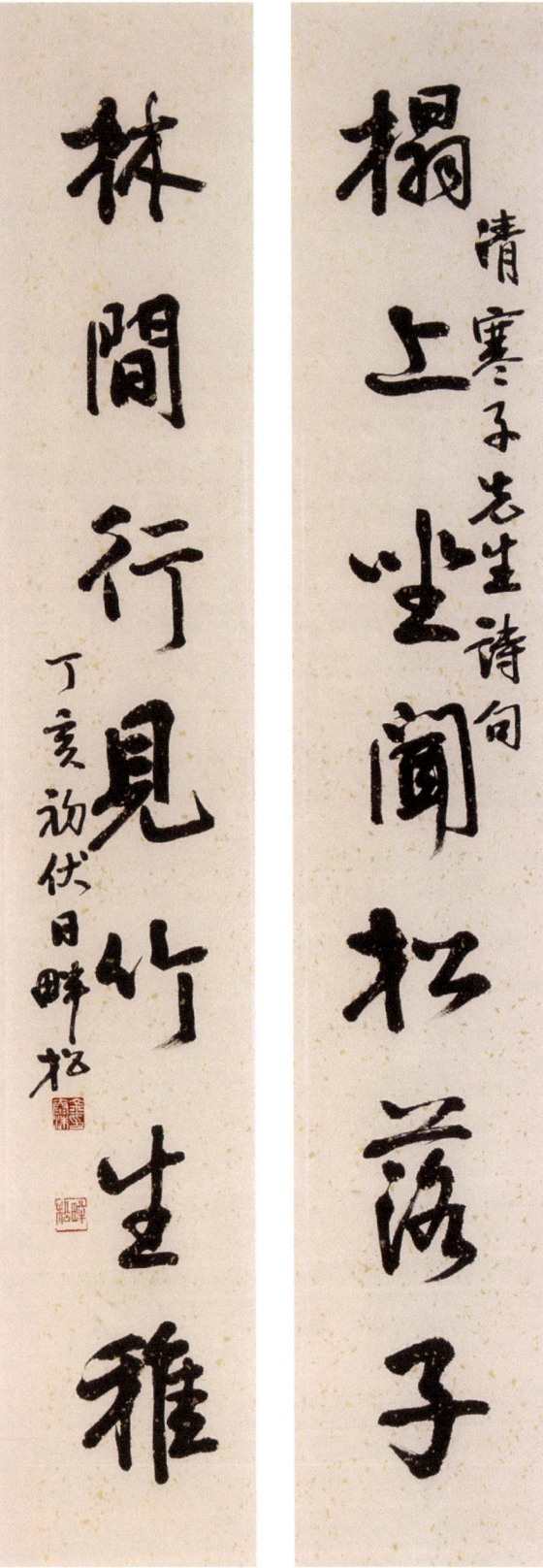

林間行見竹生雅

榻上坐聞松澗子

清寒子先生詩句

丁亥初伏日畔松

贈峻上人　17×110cm×2

贈峻上人

준 스님에게 주다

肯學參禪求出離	어찌해야 참선을 배워 잡념을 버릴까
眞空笑我又相欺	텅 빈 하늘 내가 또 속인다고 비웃네
爭名塵土渾無意	진토에서 명리를 다툼은 전혀 뜻이 없고
放志江湖已不疑	강호에 뜻을 둠은 이미 의심하지 않네
榻上坐聞松落子	평상 위에 앉아 솔방울 떨어지는 소리 듣고
林間行見竹生稚	숲 사이로 가다가 대순 돋는 모습 보네
只將枯影飄然去	단지 여윈 그림자를 거느리고 표연히 떠나
綠水靑山何處期	푸른 물 푸른 산을 어느 곳에서 기약할까 <권3. 5>

贈(증)주다 峻(준)높다 肯(긍)즐기다 參(참)참여하다 禪(선)중. 고요하다 離(리)떠나다 欺(기)속이다 爭(쟁)다투다 塵(진)티끌 渾(혼)흐리다. 섞이다. 모두. 아주 放(방)놓다 湖(호)호수 疑(의)의심하다 榻(탑)평상 稚(치)어리다 枯(고)마르다. 여위다 影(영)그림자 飄(표)회오리 바람. 나부끼다 期(기)기약하다

上人(상인) 지덕이 뛰어난 중. 중의 존칭
參禪(참선) 불법佛法에 들어가 묘리妙理를 연구함. 禪은 고요히 앉아서 불법의 묘리를 연구 음미하는 수업
出離(출리) 불가에서 세속의 인연을 떠나 잡념을 버림을 의미함
眞空(진공) 일체의 색상色相을 초월한 참으로 공허空虛한 형상
塵土(진토) 티끌과 흙
江湖(강호) 강과 호수. 시골. 세상. 벼슬을 버리고 은거해 있는 시골
將枯影(장고영) 여윈 그림자를 거느림, 곧 홀로 감. 將은 '거느리다'의 의미
飄然(표연) 바람에 가볍게 나부끼는 모양. 홀쩍 떠나거나 오는 모양
何處(하처) 어느 곳

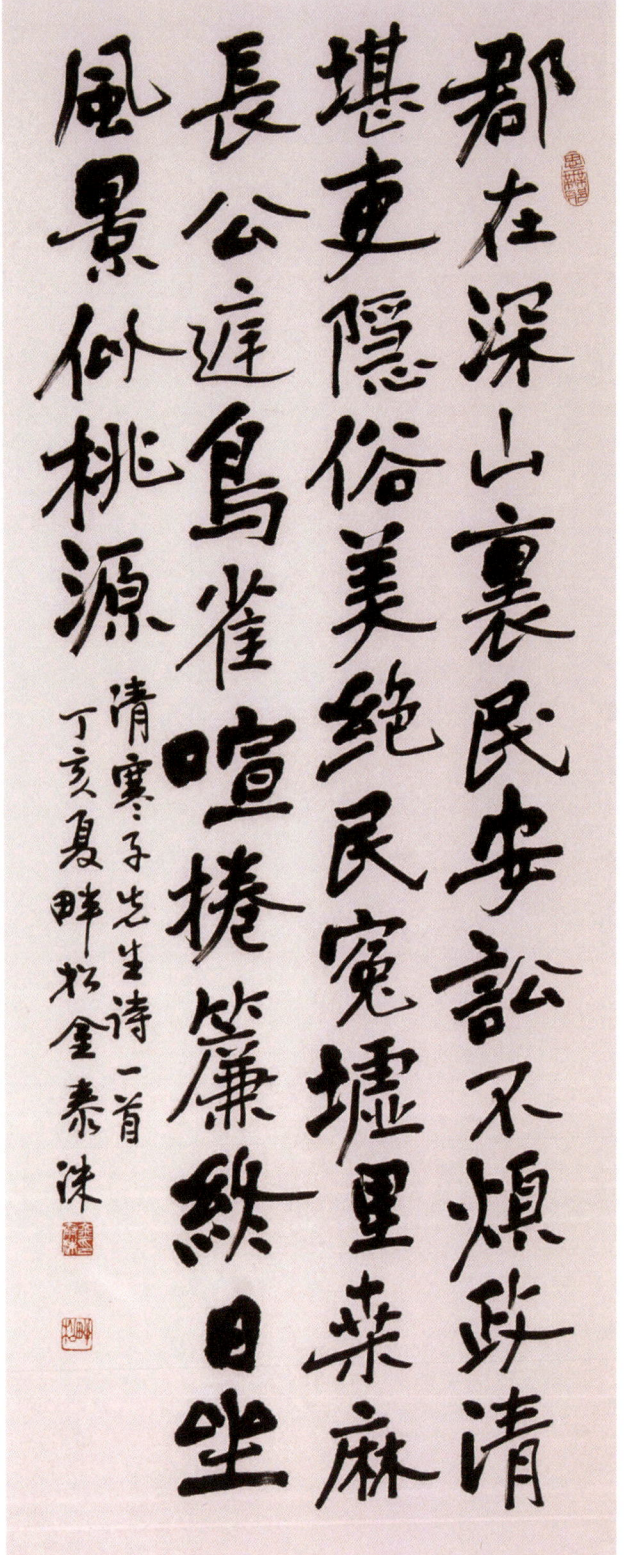

郡在深山裏民安訟不煩政清
堪更隱俗美絶民寃墟里桑麻
長公迓鳥雀喧捲簾終日坐
風景似桃源 清寒子先生詩一首
丁亥夏畔松金泰洙

熙川與守坐茅亭 56×137㎝

熙川與守坐茅亭

희천에서 원님과 모정에 앉아

郡在深山裏	고을은 깊은 산 속에 있는데
民安訟不煩	송사도 번거롭지 않아 백성은 편안하네
政淸堪吏隱	정사는 맑아 서리 벼들도 숨을 만하고
俗美絶民冤	풍속은 아름다워 백성의 억울함 끊겼네
墟里桑麻長	마을에는 뽕과 삼이 자라나고
公庭鳥雀喧	관청 뜰엔 새들이 지껄이네
捲簾終日坐	발을 걷고 종일토록 앉아 있으니
風景似桃源	풍경이 무릉도원과 비슷하네 <권9. 28.>

熙(희)빛나다   茅(모)띠   亭(정)정자   郡(군)고을   裏(리)속   訟(송)송사하다   煩(번)번거롭다
吏(리)아전   隱(은)숨다   冤(원)원통하다. 억울하다   墟(허)언덕   雀(작)참새   喧(훤)지껄이다
捲(권)말다. 걷다   簾(렴)발   似(사)같다. 닮다   桃(도)복숭아   源(원)근원

熙川(희천) 평안북도 희천군 군청소재지의 읍邑
茅亭(모정) 띠나 짚으로 지붕을 인 정자. 초정草亭
墟里(허리) 시골 마을
鳥雀(조작) 참새 따위의 작은 새의 총칭
桃源(도원) 무릉도원武陵桃源의 약어略語. 별천지別天地

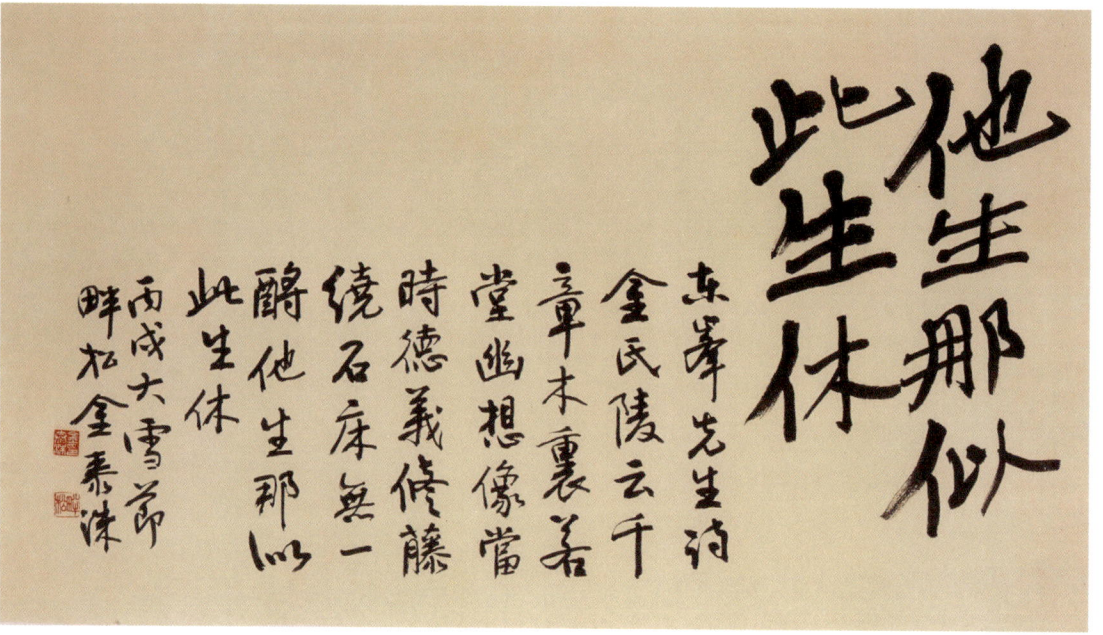

他生那似 此生休

東峯先生詩
金氏陵云千
章木重著
堂幽想像當
時德義倚藤
繞石床無一
轂他生那似
此生休
丙戌大雪節
畔松金泰沫

金氏陵 70×35㎝

金氏陵

김씨릉에서

千章木裏若堂幽　　많은 나무 속에 이와 같이 그윽한 집
想像當時德義修　　당시 덕의가 닦아졌음을 상상하네
藤繞石床無一酹　　등 얽힌 석상에 술 권할 이 없으니
他生那似此生休　　저승이 어찌 이승처럼 아름답겠는가　　<권12. 9>

陵(릉)언덕. 무덤　章(장)글. 그루　藤(등)등나무　繞(요)두르다　酹(뢰)붓다. 술을 땅에 붓고 신에게 제사지내다　那(나)어찌　似(사)같다　休(휴)쉬다. 아름답다. 좋다

金氏陵(김씨릉) 신라 알지대왕閼智大王의 무덤
千章(천장) 천 그루의 큰 나무. 많은 나무를 이름. 章은 큰 나무를 세는 단위
想像(상상) 마음 속으로 그리며 생각함
當時(당시) 옛날. 예전
德義(덕의) 사람이 행하여야 할 바른 도리. 덕행德行과 의리義理
他生(타생) 금생今生이외의 전생前生이나 후생後生의 세상
此生(차생) 이승

霜筠奇石养幽姿松栽培瓦盆興味醲

勁節奔年非俗態寒枝浸古助談鋒

看之不盡咏之足伴以婆心詩以供

翠竹嶺松皆賓相偏然相對絕形容

丙戌清明節錄東峯先生詩 醉松

題盆中松竹 34×80㎝

題盆中松竹

분의 소나무와 대나무

霜筠奇石萬年松	서리 맞은 대·기이한 돌·만년의 소나무
栽培瓦盆興味醲	오지분에 재배하니 흥미가 진하네
勁節本來非俗態	굳센 마디는 본래 속태가 없고
寒枝從古助談鋒	찬 가지는 예로부터 예리한 말 도왔네
看之不盡詠之足	보아도 다함이 없고 읊기에도 넉넉하니
伴以無心詩以供	무심으로 벗하고 시로 제공하리
翠竹嶺松皆實相	푸른 대와 고개 마루 소나무의 참 모습이니
翛然相對絶形容	소연이 서로 마주해 형용할 말 끊어지네 <권5. 19>

題(제)이마. 제목 盆(분)동이 筠(균)대나무 奇(기)기이하다 栽(재)심다 培(배)북돋다 瓦(와)기와. 질그릇 味(미)맛 醲(농)진한 술. 후하다 勁(경)군세다 鋒(봉)칼날 詠(영)읊다 伴(반)짝 供(공)이바지하다 翠(취)물총새. 비취색 嶺(령)고개. 재 翛(소)날개치는 소리

從古(종고) 예로부터
俗態(속태) 저속한 태도. 아담하지 못한 매골. 속티
談鋒(담봉) 언론의 힘이 매우 날카로움. 논담論談의 방향
無心(무심) 아무런 생각이 없음. 자연스러운 것
翠竹(취죽) 푸른 빛의 대나무. 녹죽綠竹·녹균綠筠
實相(실상) 실제의 모양. 있는 그대로의 상황
翛然(소연) 사물에 얽매이지 않는 모양. 然은 모양이나 상태를 나타냄
形容(형용) 어떤 사물을 다른 것에 비유하여 나타냄

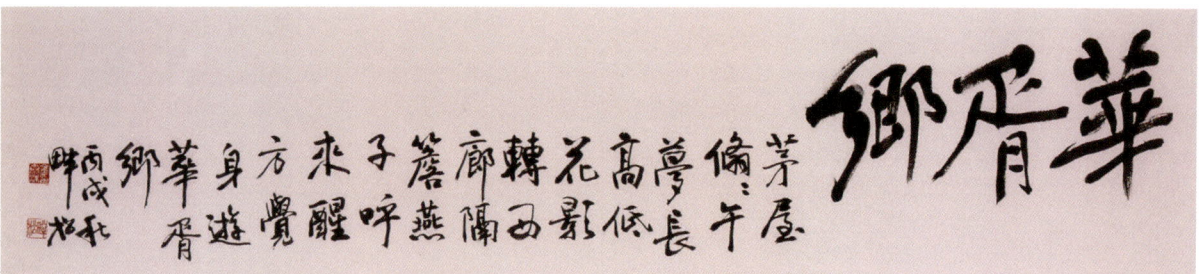

華胥鄉

芳屋偏午夢長高花低轉廊陰西簾隔燕子呼來醒方覺身遊華胥鄉

丙戌 松禾畔

午寢 92×22㎝

午 寢
낮 잠

茅屋翛翛午夢長　　녹음 우거진 띳집에서 낮잠이 긴데
高低花影轉西廊　　높고 낮은 꽃 그림자 서쪽 채로 돌아가네
隔簷燕子呼來醒　　처마와 마주한 제비 깨어나라 짖어대니
方覺身遊華胥鄕　　깨어나자 몸이 화서향에서 논 것 같네　<권2. 22>

_____

寢(침)잠자다　茅(모)띠　翛(소)날개 찢어지다　廊(랑)행랑　隔(격)막다. 막히다　簷(첨)처마
燕(연)제비　呼(호)부르다　醒(성)깨다. 술 깨다　覺(각)깨닫다. 깨다. 꿈을 깨다　胥(서)서로

午寢(오침) 낮잠
翛翛(소소) 녹음이 우거진 모양
午夢(오몽) 낮잠 자다 꾼 꿈
燕子(연자) 제비
方覺(방각) 막 꿈을 깨다
華胥鄕(화서향) 이상향. *화서지몽華胥之夢－황제黃帝가 낮잠을 자다가 꿈속에서 화서 나라에서 놀며 태평한 광경을 보았다는 고사에서 '낮잠'을 이름

衆芳妍嫮處獨無華萬木催人不催

時始吐龍一種精懷

識小梅零落蕙絲擊春入

餐更寂寞姿不借情春擊

讖精神寒落姿不蕙絲懷

後更清神寒零落英可人

花褪餐識時衆芳

清寒子先生詩美菊二首
丁亥仲秋節 畔松

美菊 60×137cm

美 菊

국화를 아름답게 여기다

衆芳妍處獨無華　많은 꽃 고울 적엔 홀로 피지 않다가
萬木摧時始吐葩　온갖 나무 꺾일 때 비로소 꽃을 토해내네
一種情懷人不識　한가지 심정을 아무도 알지 못하고
小梅零落蕙紛拏　작은 매화 시들고 난초는 뒤얽혀 붙잡았네

花褪淸香也可人　꽃은 바랬어도 맑은 향기 사람을 즐겁게 하고
秋風老後更精神　가을바람 매서운 후에 정신들게 하네
落英堪入三閭餐　떨어진 꽃은 굴원의 저녁밥에 들일만하고
寂寞寒姿不借春　적막하게 차가운 자태 봄을 빌리지 않네　<권5. 20>

芳(방)꽃답다. 꽃　妍(연)곱다　摧(최)꺾다　吐(토)토하다　葩(파)꽃　懷(회)품다. 생각하다　零(령)비오다. 떨어지다　蕙(혜)난초　紛(분)어지럽다　拏(나)잡다　褪(퇴)바래다　堪(감)견디다. 감당하다. 능히하다　閭(려)마을　餐(찬)먹다. 음식　寂(적)고요하다　寞(막)쓸쓸하다　姿(자)맵시. 모양　借(차)빌리다

衆芳(중방) 많은 향기로운 꽃. 모든 꽃. 국화를 제외한 다른 꽃
一種(일종) 같은 종류. 딴 종류(별종別種)
情懷(정회) 마음 속에 품은 생각. 심정
小梅(소매) 작은 매화
零落(영락) 초목의 잎이 말라서 떨어짐
紛拏(분나) 뒤얽혀 서로 침
可人(가인) 사람 마음을 즐겁게 함
落英(낙영) 낙화落花
三閭餐(삼려찬) 三閭는 초楚의 삼려대부三閭大夫(춘추시대 楚의 왕가王家인 소昭·굴屈·경景의 삼가三家를 다스림)인 굴원을 말하며, 三閭餐은 굴원의 ≪이소경≫에 "朝飮木蘭之墜露 夕餐秋菊之落英 아침에는 목란木蘭에서 떨어지는 이슬 마시고, 저녁에는 추국秋菊에서 떨어지는 꽃잎 먹다"을 의미함

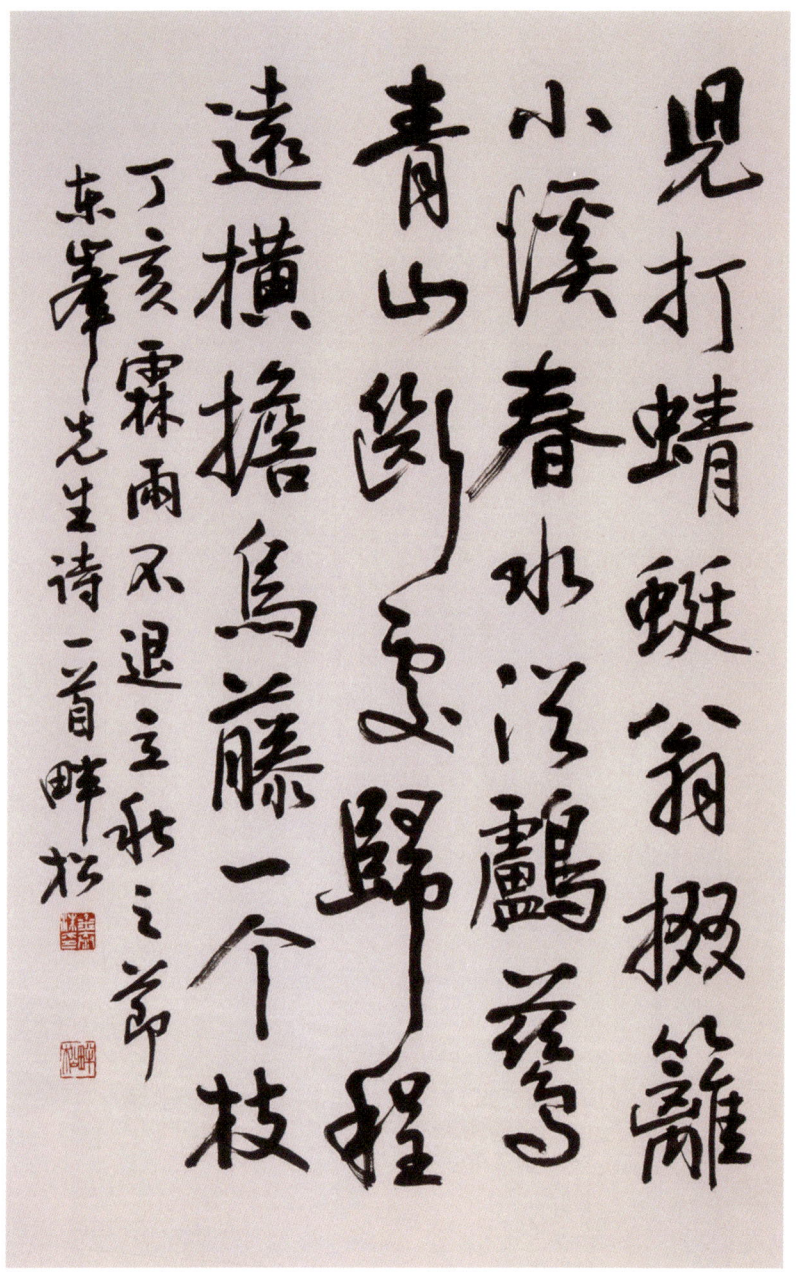

陶店 46×70㎝

陶 店

옹기 가게

兒打蜻蜓翁掇籬　　아이는 잠자리 잡고 영감은 울타리 손질하고
小溪春水浴鸕鷀　　작은 시내 봄물에선 가마우지 목욕하네
靑山斷處歸程遠　　푸른 산 끊어진 곳에서 돌아갈 길 먼데
橫擔烏藤一个枝　　검은 등나무가지 하나 가로메었네　<권1. 6>

陶(도)질그릇. 굽다. 만들다　店(점)가게　蜻(청)잠자리　蜓(정)잠자리　掇(철)줍다. 깎다　籬(리)
울타리　浴(욕)목욕하다　鸕(로)가마우지　鷀(자)가마우지　程(정)길. 법　橫(횡)가로. 가로지르
다　擔(담)메다　烏(오)까마귀. 검다　藤(등)등나무　个(개)낱　枝(지)가지

陶店(도점) 옹기점
蜻蜓(청정) 고추잠자리
鸕鷀(노자) 가마우지과에 속하는 새의 이름
个(개) 낱. 물건을 세는 단위로 개箇와 통용

隔谁家水态云容
只向寒溪上晚来山色
还贡莺声在碧枝
枝影拂山字幽喧莺

地僻蓬蒿没石桥
读罢南华一卷书
梦诵山雨打芭蕉
小楼风满夜将晓

树新松径四面稠绿
日际遥峰都不来
多少不来山世人
东峰先生诗山中杂咏六首
丁亥春暮醉松斋东洙

山中雜吟 32×70㎝×6

山中雜吟

산중잡음

水雲鄕與塵寰隔　　수운향은 속세와 막혔고
縱有人來不世人　　비록 사람이 와도 속세의 사람은 없네
滿榻白雲閑不掃　　평상에 가득한 흰 구름 한가로이 쓸지 않고
小庭生草自靑春　　작은 뜰에 돋는 풀은 절로 청춘일세

柏旨山前山水色　　백지산 앞 산수 경치는
吟哦千古却無人　　천고토록 읊어줄 이 없는데
我來一賞生新意　　내 와서 한번 완상하니 새 뜻이 일어
雲月欣然不我嗔　　구름과 달도 기쁜 듯 나에게 성내지 않네

一自居山世慮疏　　한번 산에 산 뒤로 세상 생각 멀어지고
此生無事送居諸　　이 인생 일없이 세월을 보내네
日斜溪路人歸去　　해 비낀 시내 길로 사람 돌아가는데
數片白雲封草廬　　몇 조각 흰 구름이 띳집을 북돋우네

風淸月白憑誰賞　　맑고 밝은 바람과 달 누가 감상할까
水態雲容只自知　　물과 구름의 자태 스스로 알 뿐이네
溪上晚來山雨過　　저물어 시내에 산비 지나가고
黃鶯聲在碧梧枝　　꾀꼬리 소리 벽오동 가지에서 들리네

客稀山寂絶喧囂　　시끄러움 끊기고 객도 드믈어 산은 고요하고
地僻蒼苔沒石橋　　궁벽한 땅이라 푸른 이끼가 돌다리를 덮었네
讀罷南華還掩卷　　남화경을 읽다 다시 책을 덮으니
無端山雨打芭蕉　　끝없이 산비가 파초를 두드리네

小樓風滿夏疑秋　　작은 누각에 바람 가득하니 여름이 가을인 듯하고
樹影松陰四面稠　　나무 그림자 솔 그늘이 사방에 가득하네
終日臥遊唯我耳　　종일 누워서 노는 건 오직 나 하나 뿐
世人多事不來遊　　세상사람 일이 많아 와서 놀지 못하네　<권15. 5>

寰(환)기내(畿內)　隔(격)막(히)다　縱(종)세로. 비록　榻(탑)평상　掃(소)쓸다　柏(백)잣나무
旨(지)뜻. 맛　吟(음)읊다　哦(아)읊다　却(각)물리치다. 도리어　欣(흔)기뻐하다　嗔(진)성내다
慮(려)생각하다　疎(소)트이다. 멀다　斜(사)기울다　片(편)조각　封(봉)봉하다　廬(려)오두막집.
농막　憑(빙)기대다. 의지하다　誰(수)누구　賞(상)기리다. 완상하다　態(태)모양　鶯(앵)꾀꼬리
碧(벽)푸르다　梧(오)오동나무　枝(지)가지　稀(희)드물다　喧(훤)지껄이다　囂(효)시끄럽다　僻
(벽)후미지다. 궁벽하다　蒼(창)푸르다　苔(태)이끼　沒(몰)빠지다　橋(교)다리　罷(파)파하다
掩(엄)가리다　打(타)치다　芭(파)파초　蕉(초)파초　樓(루)다락　滿(만)차다. 가득하다　疑(의)
의심하다　擬(의)비기다　稠(조)빽빽하다　唯(유)오직　遊(유)놀다

雜吟(잡음) 잡영雜詠. 여러 가지 사물이나 계절의 느낌을 읊은 시가詩歌
水雲鄕(수운향) 물이 흐르고 구름이 떠도는 곳이란 뜻으로 속기俗氣를 떠난 깨끗하고 맑은 곳
塵寰(진환) 티끌이 많은 세상. 더러운 세상. 속세
靑春(청춘) 봄. 인생의 봄. 곧 청년
山水(산수) 산과 물.　산하의 경치
吟哦(음아) 읊음
千古(천고) 먼 옛날. 영원
欣然(흔연) 기뻐하는 모양
一自(일자) 한번 ~로부터. 自는 전치사
居諸(거저) ≪시경詩經≫<국풍편國風篇> “日居月諸 照臨下土 해와 달은 땅을 비추고 있다”에
서 유래된 말로 세월·광음光陰을 뜻하며 居와 諸는 조사로 쓰였다
草廬(초려) 초당草堂. 누추한 집. 자기 집의 겸칭
風淸月白(풍청월백) 바람이 맑고(시원하고) 달이 밝다. 곧 자연의 좋은 경치
晚來(만래) 늦게. 늦도록
喧囂(훤효) 시끄럽게 떠들음
南華(남화) 남화경南華經. 남화진경南華眞經의 준말. 당唐 천보원년天寶元年에 장자莊子에게
남화진인南華眞人이라는 호를 추증追贈하고 그의 책 ≪장자≫를 ≪남화진경≫이라고 하였다
無端(무단) 까닭 없음. 이유 없음
四面(사면) 사방四方. 모든 주위
唯我耳(유아이) 오직 나 뿐이다. ‘唯~耳’는 ‘오직 ~뿐이다’의 뜻

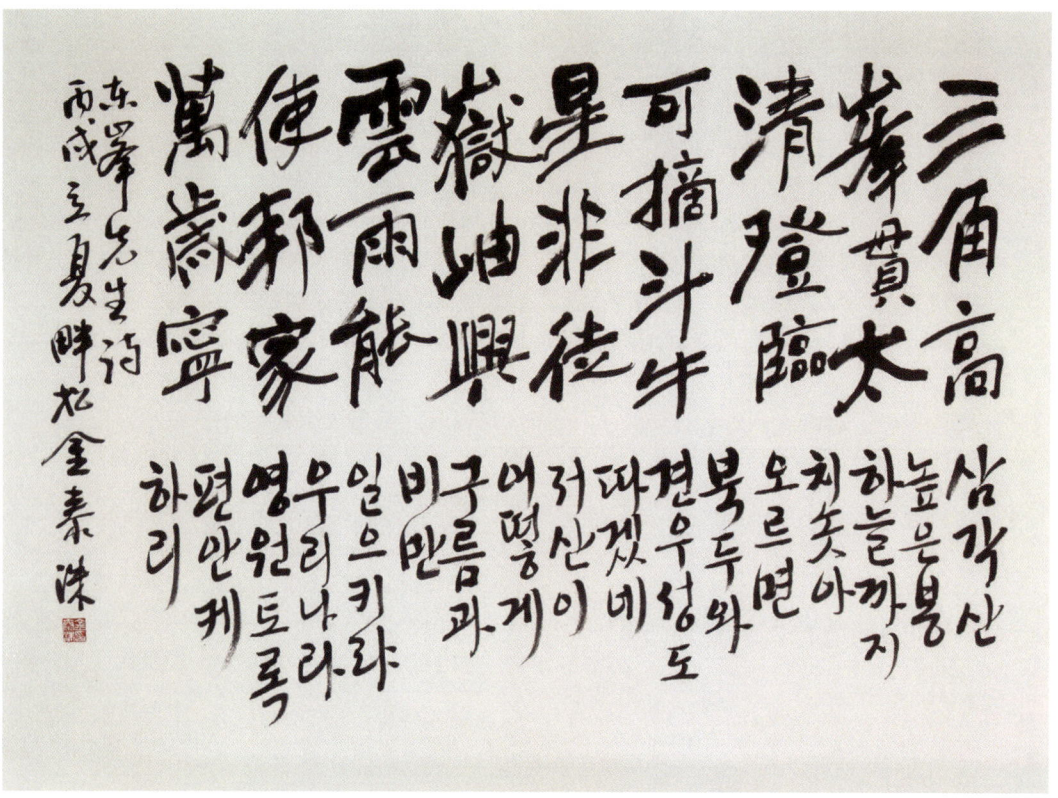

三角山 100×70㎝

三角山
삼각산에서

三角高峯貫太淸　삼각산 높은 봉우리 하늘까지 치솟아
登臨可摘斗牛星　올라 마주하면 북두와 견우성도 따겠네
非徒嶽岫興雲雨　저 큰 산이 구름과 비만 일으키랴
能使邦家萬歲寧　나라를 영원토록 편안케 할 수 있으리　<속집. 권1>

角(각)뿔　峯(봉)봉우리　貫(관)꿰다　太(태)크다. 처음　臨(임)임하다　摘(적)따다　徒(도)무리.
다만　嶽(악)큰 산　岫(수)바위굴. 산봉우리　興(흥)일다. 일으키다　能(능)능하다　邦(방)나라
寧(녕)편안하다

三角山(삼각산) 서울의 진산鎭山(도읍 뒤에 자리하고 있는 산)으로 북한산北漢山이라고도 하
며, 백운白雲·국망國望·인수仁壽의 삼봉三峯이 솟아 있으므로 삼각산이라 일컬음
太淸(태청) 하늘의 다른 이름
斗牛(두우) 이십팔수二十八宿중의 북두성北斗星과 견우성牽牛星
非徒(비도) 다만 ~뿐만 아니라. 徒는 '다만'의 뜻
能使(능사) ~로 하여금 ~하게 할 수 있다
邦家(방가) 국토와 왕실. 나라
萬歲(만세) 만년萬年

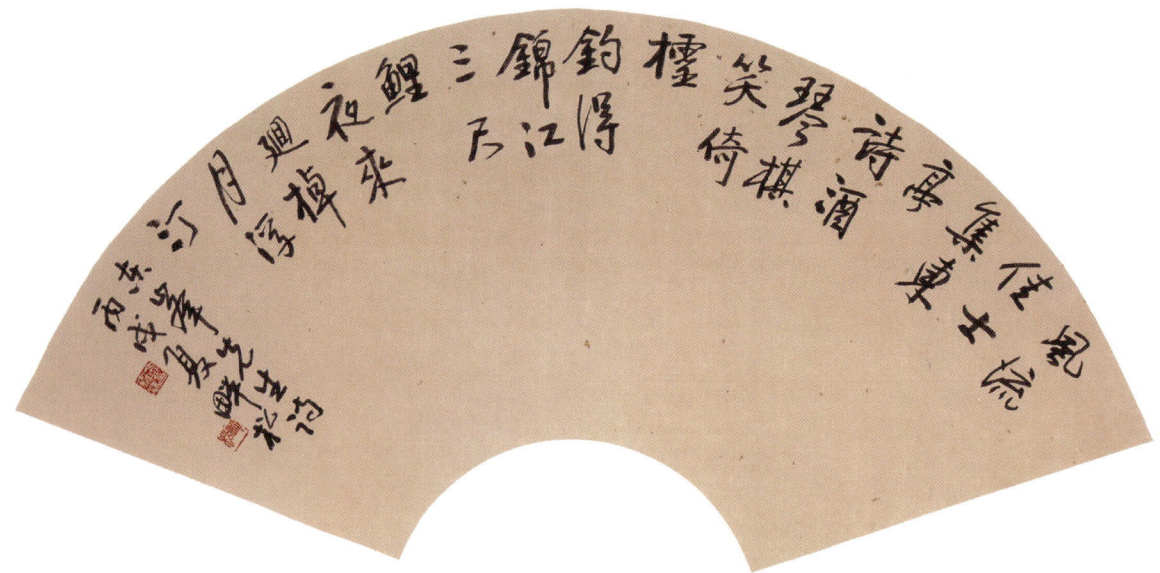

東亭勝會 53×26㎝

東亭勝會

동정의 좋은 모임

風流佳士集東亭	풍류스런 멋진 선비 동정에 모여
詩酒琴棋笑倚欄	난간에 기대어 시·술·거문고·바둑 즐기네
釣得錦江三尺鯉	금강의 석 자 되는 잉어를 낚고
夜深廻棹月浮汀	밤이 깊어 배 돌리니 달은 물에 떠있구나　<권11. 14>

亭(정)정자　勝(승)이기다. 낫다. 경치 좋다　佳(가)아름답다　琴(금)거문고　棋(기)바둑　倚(의)
의지하다　欄(령)난간　釣(조)낚시. 낚다　錦(금)비단　鯉(리)잉어　廻(회)돌다. 돌리다　棹(도)
노　浮(부)뜨다　汀(정)물가

勝會(승회) 성대한 연회宴會
風流(풍류) 風은 그 사람의 모습이나 위엄, 流는 그 사람의 행동으로 인물과 행동 의미하나 지
금은 '속된 일을 버리고 고상하게 노는 일'의 뜻으로 쓰임
佳士(가사) 품행이 단정한 사람 *풍류사風流士-학문이 있고 시문을 사랑하여 속되지 않은 사람

144

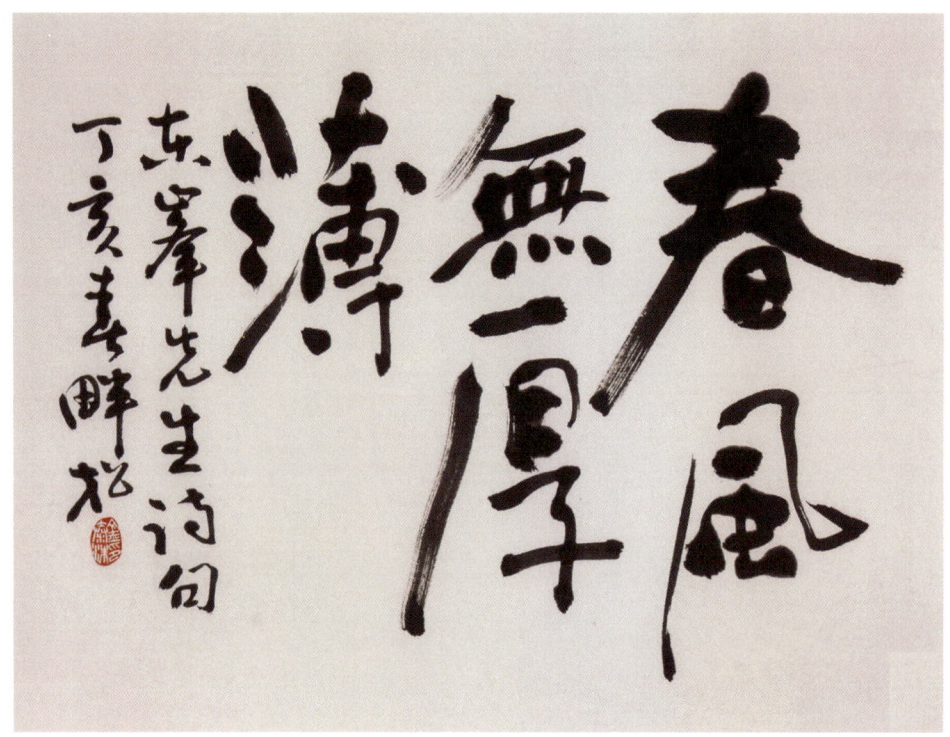

春風無一厚薄

東峯先生詩句
丁亥春畔松

坐臥 38×34cm

坐 臥

앉았다 누웠다

坐臥消長日　　앉거니 눕거니 긴 날을 보내는데
無人地更偏　　사람이 없으니 땅은 더욱 궁벽하구나
春風無厚薄　　봄바람은 후하고 박함이 없어
桃李自年年　　복숭아꽃과 오얏꽃 해마다 절로 피네 <권2. 20>

坐(좌)앉다　臥(와)눕다　消(소)사라지다　更(갱)다시　偏(편)치우치다　厚(후)두텁다　薄(박)엷다　桃(도)복숭아

坐臥(좌와) 앉거나 눕거나
長日(장일) 낮이 긴 날
厚薄(후박) 후하게 하는 일과 박하게 구는 일
桃李(도리) 복숭아와 오얏. 또는 그 꽃이나 열매

古木巖邊寺　松蘿一逕長
深杜鵑啼白晝　香桂行
青岑宴坐僧清話經
烏好音無生如欲悟不
必強觀心

東峯先生詩觀音寺
丙戌立春
畔松

觀音寺　46×74㎝

觀音寺
관음사에서

古木巖邊寺	바윗가 절에 고목이 서있고
松蘿一逕深	송라가 외길에 자라네
杜鵑啼白晝	소쩍새는 대낮에 울어대고
香桂長青岑	향기로운 계수나무 푸른 산에서 자라네
宴坐僧淸話	스님은 편안히 앉아 맑은 이야기 나누고
經行鳥好音	새들이 지나가며 즐겨 지저귀네
無生如欲悟	만약 무생을 깨달으려면
不必强觀心	억지로 관심할 필요없네 <권9. 24>

觀(관)보다 邊(변)가 蘿(라)소나무겨우살이 逕(경)좁은 길 杜(두)아가위. 막다 鵑(견)두견이
啼(제)울다 桂(계)계수나무 岑(잠)봉우리 宴(연)잔치. 즐기다 悟(오)깨닫다 必(필)반드시.
기필하다

觀音(관음) 관세음觀世音보살. 자비慈悲의 화신化身인 보살
松蘿(송라) 소나무겨우살이
杜鵑(두견) 뻐꾸기 비슷한 철새로 촉蜀나라 망제望帝의 죽은 넋이 화化하여 되었다는 전설이
있음. 두우杜宇·두백杜魄·불여귀不如歸·촉조蜀鳥·자규子規라고도 함
白晝(백주) 대낮. 일중日中
宴坐(연좌) 편안히 쉬고 있음
淸話(청화) 속세를 떠난 깨끗한 이야기
經行(경행) 돌아다님. 좌선 중에 졸음이 올 때 일정한 장소를 도는 일
無生(무생) 열반涅槃의 진리는 생멸生滅이 없으므로 무생이라 함. 때문에 무생의 이치를 관觀
하여 生滅의 번뇌를 깨뜨리는 것
如欲悟(여욕오) 만약 깨닫고자 한다면
必(필) 기필期必(반드시 됨을 기약함)하다
觀心(관심) 마음의 본심을 관찰함

148

自 貼

나에게 주다

處士本閑雅	처사는 본래 한가롭고 아담해서
早歲好大道	어릴적부터 큰 도를 좋아하였네
志與時事乖	뜻과 세상 일이 어긋나
紅塵跡如掃	속세의 발자취 쓸어 버렸네
少小遊名山	어려서부터 이름난 산에 노닐며
眈俗不交好	세속과는 사이좋게 사귀지 못했네
晚居瀑布傍	만년에는 폭포 옆에 살면서
欲作淸溪老	청계의 늙은이 되려하였네
世人那得知	세상사람 어찌 알 수 있겠는가
尋常稱潦倒	언제나 행동이 굼뜨다고 말하네
處士亦不猜	처사는 또한 시기하지 아니하고
每被風花惱	늘 바람과 꽃에 뇌쇄당하네
隱顯或無時	숨었다 드러냄은 혹 때가 없지만
期往蓬萊島	봉래섬에 갈 것을 기약하네 <권1. 20>

貽(이)주다. 끼치다　雅(아)바르다. 우아하다　乖(괴)이지러지다
塵(진)티끌　跡(적)자취　掃(소)쓸다　甿(맹)백성　瀑(폭)폭포　傍
(방)곁　那(나)어찌　尋(심)찾다. 보통　稱(칭)일컫다　潦(료)큰비
倒(도)넘어지다　猜(시)시기하다　惱(뇌)괴로워하다　隱(은)숨다
顯(현)나타나다　或(혹)혹. 혹은　蓬(봉)쑥　萊(래)쑥　島(도)섬

自貽(자이) 자신에게 주다
處士(처사) 세파世波의 표면에 나서지 않고 조용히 초야에 묻혀
사는 선비
閑雅(한아) 정숙하고 우아한 것
大道(대도) 사람이 지켜야할 큰 도리
時事(시사) 그 당시에 일어난 일. 작금昨今에 일어난 일
紅塵(홍진) 번화한 곳에 일어나는 티끌. 세상의 번거로운 일. 속세
少小(소소) 나이가 적음. 어림
甿俗(맹속) 천한 백성. 인민人民
交好(교호) 사이좋게 사귐
那得知(나득지) 어찌 알 수 있겠는가. 得은 '~할 수 있다'의 뜻
尋常(심상) 보통. 대수롭지 않음
潦倒(요도) 노쇠하여 아무것도 하지 못하는 모양
被風花惱(피풍화뇌) 바람과 꽃 때문에 괴로움을 입음. 바람과 꽃
이 좋다는 의미
隱顯(은현) 보이다 숨어 버리다 함
無時(무시) 일정한 때가 없음. 무상시無常時
蓬萊島(봉래도) 봉래산蓬萊山. 신선이 살고 있다는 산으로 된 섬
방장산方丈山・영주산瀛州山과 더불어 삼신산三神山의 하나

自貽 70×200㎝

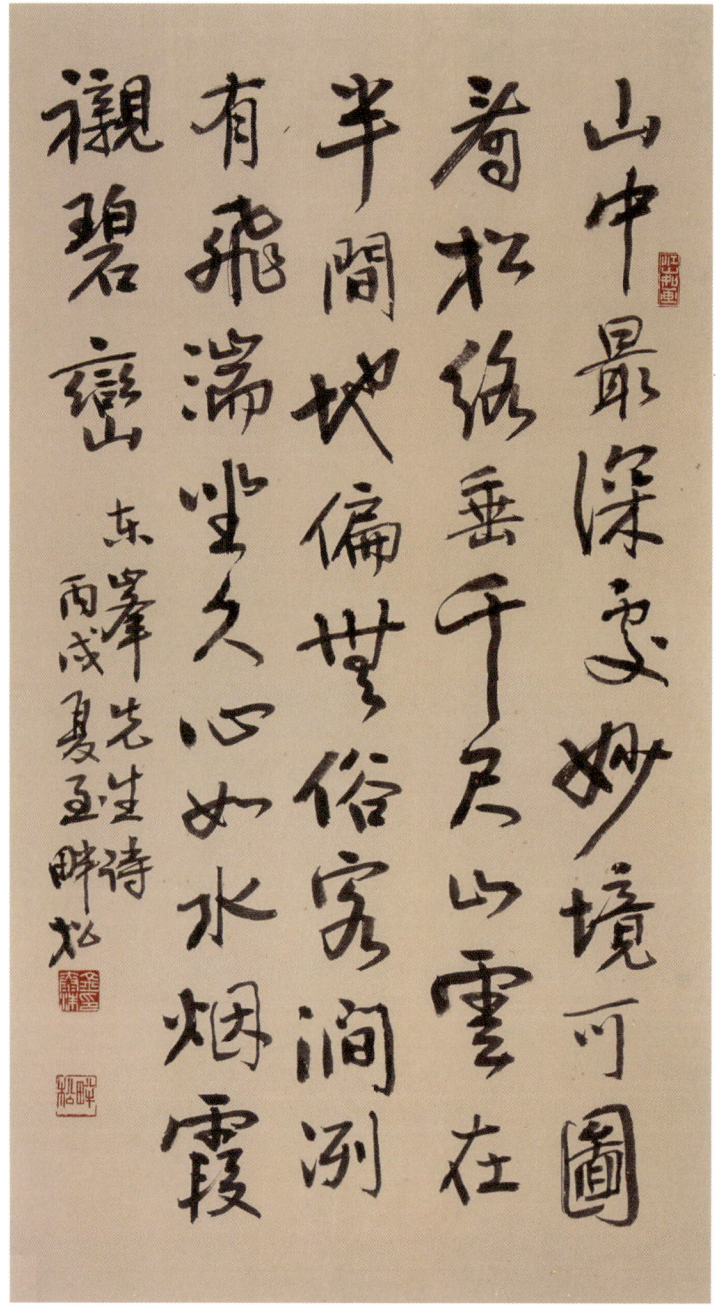

山中最深處妙境可圖
為松絡垂千尺山雲在
半間地偏塵俗窅間泂
有飛湍坐久心如水烟霞
襯碧巒

東峯先生詩
丙戌夏孟畔松

圓寂菴 42×70㎝

圓寂菴

원적암에서

山中最深處	산중에서 가장 깊은 곳
妙境可圖看	묘한 경계 볼만하네
松絡垂千尺	소나무 가지는 천 길 드리우고
山雲在半間	산 구름은 반간에 있네
地偏無俗客	외딴 곳이라 속인은 없고
澗冽有飛湍	차가운 산골물에 물줄기 나네
坐久心如水	오래 앉아 있으니 마음은 물과 같고
煙霞襯碧巒	이내 노을이 푸른 봉에 자욱하네 <권10. 7>

圓(원)둥글다 寂(적)고요하다 菴(암)절. 암자 圖(도)그림. 꾀하다. 헤아리다 絡(락)두르다. 잇다 垂(수)드리우다. 거의 偏(편)치우치다 澗(간)산골물 冽(렬)차다 湍(단)여울 煙(연)연기 霞(하)노을 襯(친)속옷. 접근하다 巒(만)뫼. 산봉우리

圓寂(원적) 승려의 죽음을 일컬음. 圓寂은 열반涅槃의 역역譯으로 덕을 원만히 갖춘 뒤에 적멸寂滅한다는 뜻
妙境(묘경) 풍경 등의 뛰어난 곳. 예술·기예 등의 절묘한 경지
心如水(심여수) 마음이 물과 같이 맑음
煙霞(연하) 보얗게 피어오르는 안개. 고요한 산수의 경치

152

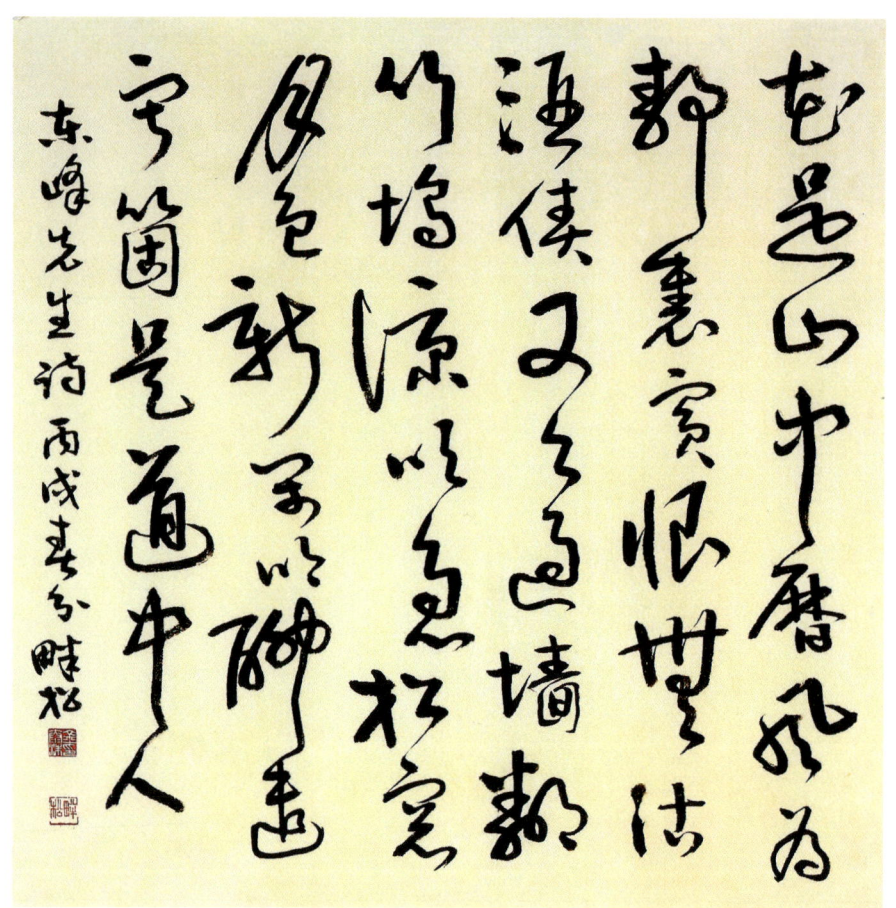

悶極　70×70㎝

悶極

답답함이 심해서

花是山中曆　　꽃은 산 속의 달력이요
風爲靜裏賓　　바람은 고요함 속의 손님이네
恨無沽酒債　　술 살 돈이 없음이 한스럽고
又欠過墻隣　　또 담 넘어 갈 이웃도 없네
竹塢涼吹急　　대 언덕에 서늘한 바람 급하고
松窓月色新　　소나무 창에는 달빛이 새롭네
閑吟聊遣寂　　조용히 읊으며 적막함을 달래니
箇是道中人　　이것이 도에 들어간 사람이리라　<권1. 15>

悶(민)답답하다. 번민하다　極(극)다하다　曆(력)책력　裏(리)속　賓(빈)손님　沽(고)팔다. 사다
債(채)빚. 빌리다　欠(흠)하품. 모자라다　墻(장)담　隣(린)이웃　塢(오)언덕　吹(취)불다　吟(음)
읊다　聊(료)어조사. 에오라지. 힘입다　遣(견)보내다　寂(적)고요하다. 적막하다　箇(개)낱. 이

悶極(민극) 답답함이 심하다
沽酒(고주) 돈을 주고 산 술. 파는 술
閑吟(한음) 조용히 읊조림
遣寂(견적) 적막함을 달래다

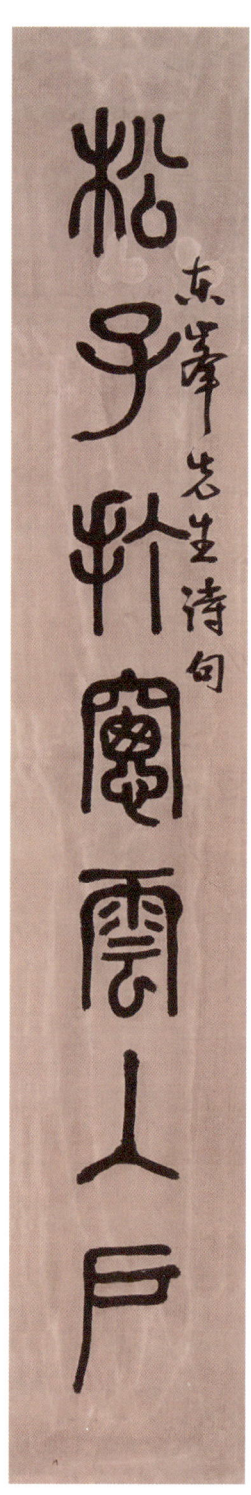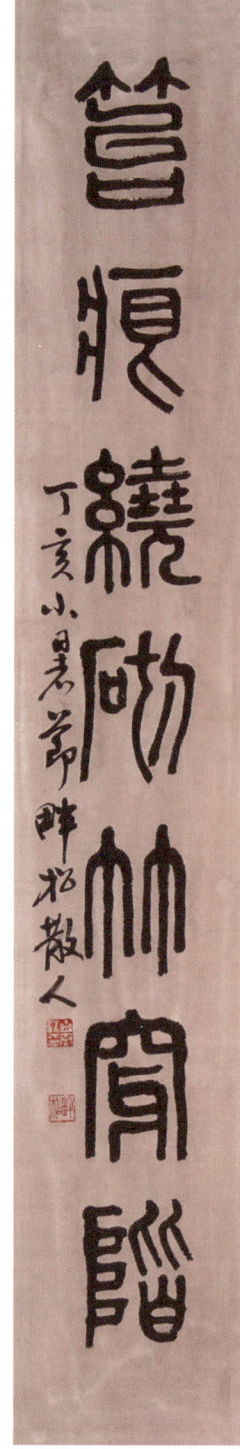

贈峻上人　18×110㎝×2

贈峻上人

준 대사에게 주다

八萬峯頭月欲低	팔만 봉우리 위의 달은 지려하고
曙光和霧落庭除	새벽 빛은 안개 섞여 뜰에 내려앉네
半溪雨夜藤花老	반계는 밤비에 등꽃이 시들었고
一逕春風芋葉齊	오솔길 봄바람에 토란 잎 가지런하네
松子打窓雲入戶	솔방울은 창을 치고 구름은 문에 들고
苔痕繞砌竹穿階	이끼 흔적 섬돌을 둘렀고 대는 계단을 뚫었네
世間甲子知多少	세간의 세월 몇 년이나 지났는가
唯有空林山鳥啼	오직 빈 숲에서 산새만이 울어대누나 <권3. 6>

贈(증)주다　峻(준)높다　曙(서)새벽　霧(무)안개　除(제)섬돌. 뜰. 덜다　藤(등)등나무　逕(경)
좁은 길　芋(우)토란　齊(제)가지런하다　苔(태)이끼　痕(흔)자취. 흔적　繞(요)두르다　砌(체)
섬돌　穿(천)뚫다　階(계)섬돌　啼(제)울다

上人(상인) 지덕이 뛰어난 중. 중의 존칭
曙光(서광) 새벽의 동터오는 빛. 좋은 일이 일어나려는 조짐
庭除(정제) 뜰. 마당. 除는 대문과 담 사이
松子(송자) 솔방울
甲子(갑자) 나이. 세월
空林(공림) 나뭇잎이 떨어져 쓸쓸한 숲

156

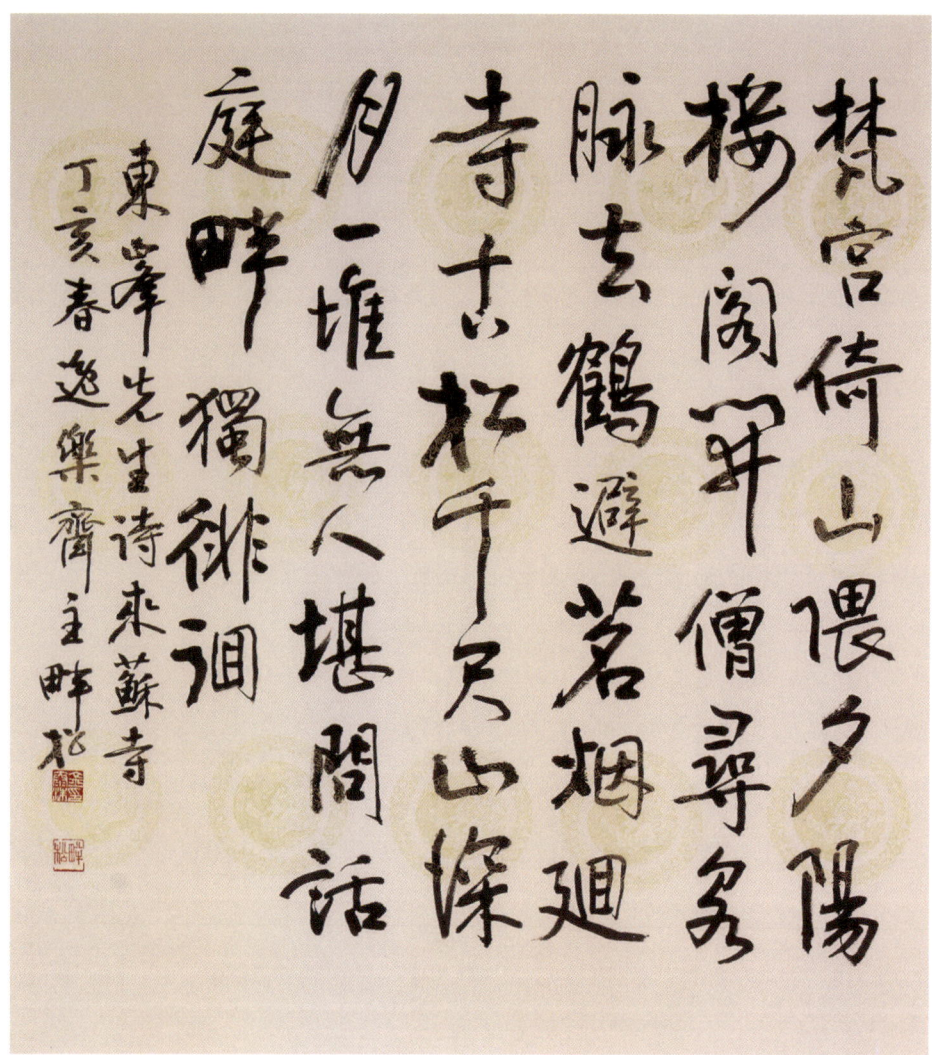

梵宮倚山隈夕陽
樓閣開僧尋客
脈去鶴避茗烟廻
寺古松千尺山深
月一堆無人堪問話
庭畔獨徘徊

東峯先生詩來蘇寺
丁亥春逸樂齋主畔杜

來蘇寺 70×70㎝

來蘇寺
내소사에서

梵宮倚山隈	절은 산모퉁이에 의지했고
夕陽樓閣開	열린 누각에 석양이 비추네
僧尋泉脈去	중은 샘 줄기 찾아 떠나고
鶴避茗煙廻	학은 차 연기 피해 맴도네
寺古松千尺	절이 오래되어 솔은 천 길이고
山深月一堆	산은 깊어 달빛은 한 무더기이네
無人堪問話	묻고 이야기할만한 사람 없어
庭畔獨徘徊	뜰 가에서 홀로 서성이네 <권11. 10>

蘇(소)차조기. 깨어나다. 성(姓) 梵(범)범어 宮(궁)집 倚(의)기대다. 의지하다 隈(외)굽이 모퉁이 尋(심)찾다 脈(맥)맥. 줄기 堪(감)견디다. 감당하다 避(피)피하다 茗(명)차 싹. 차 煙(연)연기 堆(퇴)언덕. 흙무더기 畔(반)밭 두둑. 경계 徘(배)노닐다 徊(회)노닐다

來蘇寺(내소사) 전라북도 부안군에 있는 절로 선운사禪雲寺의 말사末寺
梵宮(범궁) 절. 법당
泉脈(천맥) 땅 속에 있는 물줄기
徘徊(배회) 노닒. 천천히 이리저리 왔다 갔다 함

一葉漁舟趁暮回
家花裏釀春醅
魚燒笋供飽醉
信人間祖吏催

丁亥春東峯先生詩一首畔松

宿漁村　36×70㎝

宿漁村

어촌에서 자며

一葉漁舠趁暮回	한 조각 고깃배 저물어 돌아오고
家家花裏釀春醅	집집마다 꽃 속에서 봄 술을 빚네
燔魚燒筍供飽醉	생선과 죽순 구어 배불리 먹고 취하니
未信人間租吏催	인간세상 세리의 재촉 믿지 못하겠네　<권12. 25>

宿(숙)자다. 머무르다　漁(어)물고기 잡다　舠(도)거룻배·작은 배　趁(진)쫓다　釀(양)술 빚다
醅(배)술 괴다. 거르지 않은 술　燔(번)굽다　燒(소)사르다. 불태우다　筍(순)죽순　供(공)이바지
하다. 받들다　飽(포)배부르다　租(조)구실. 세금　催(최)재촉하다. 열다

一葉(일엽) 잎 하나. 작은 배
漁舠(어도) 고기잡이하는 거룻배. 舠는 칼 모양의 작은 배
租吏(조리) 세금 받는 아전. 租는 전지田地에 대하여 부과되는 세금

精究明朙道

誦讀古人書莫道世遠曠講言丞取
師論世我取尚相玄雖千載宛如對
相狀凡有詰辯乆即是親腳唱雖
記一字句力刀且依樣精究為可畏
明道不汝延

東峯先生詩誦讀
丙戌端午日畔松金泰洙

誦讀　70×205㎝

誦 讀
글을 읽음

誦讀古人書	옛 사람의 글을 외워 읽으며
莫道世遠曠	세대가 요원하다고 말하지 말라
講言吾取師	강론하는 말은 나의 스승이요
論世我取尙	세상을 논한 것은 나의 바람이네
相去雖千載	서로의 거리가 비록 천년이지만
宛如對相狀	완연히 서로의 모습 마주한듯하네
凡有詰辨處	따져 분별할 곳이 있으면
卽是親酬唱	곧장 몸소 수창하리라
雖記一半句	비록 반 귀를 기억했다 해도
力行且依樣	힘써 행하고 또 법을 좇아야 하네
精究爲可畏	정밀히 궁구할 것을 두려워해야 하니
明道不汝迋	밝은 도는 그대를 속이지 않으리라 <권13. 8>

誦(송)외다. 읽다　曠(광)밝다. 비다. 멀다　講(강)강론하다. 익히다　尙(상)오히려. 숭상하다　載(재)싣다. 해(년年)　宛(완)굽다. 마치　狀(상)형상. 모양　詰(힐)묻다. 꾸짖다　辨(변)분별하다　酬(수)잔 돌리다. 갚다　依(의)의지하다. 따르다　樣(양)모양. 본. 법식　畏(외)두려워하다　汝(여)너　迋(광)속이다

誦讀(송독) 읽음. 외어서 읽음(암송暗誦)
莫道(막도) 말하지 마라. 莫은 '~하지 마라', 道는 '말하다'의 뜻
相去(상거) 서로 떨어진 거리. 去는 '거距(떨어지다)'의 뜻
千載(천재) 천년
卽是(즉시) 곧. 다시 말하면
酬唱(수창) 시문詩文의 증답贈答을 함
一半(일반) 절반折半(하나를 반씩 둘로 나눔)
力行(역행) 힘써 행함. 노력함. 힘을 들여 나아감
精究(정구) 자세히 연구함
明道(명도) 밝은 도. 도를 밝힘

162

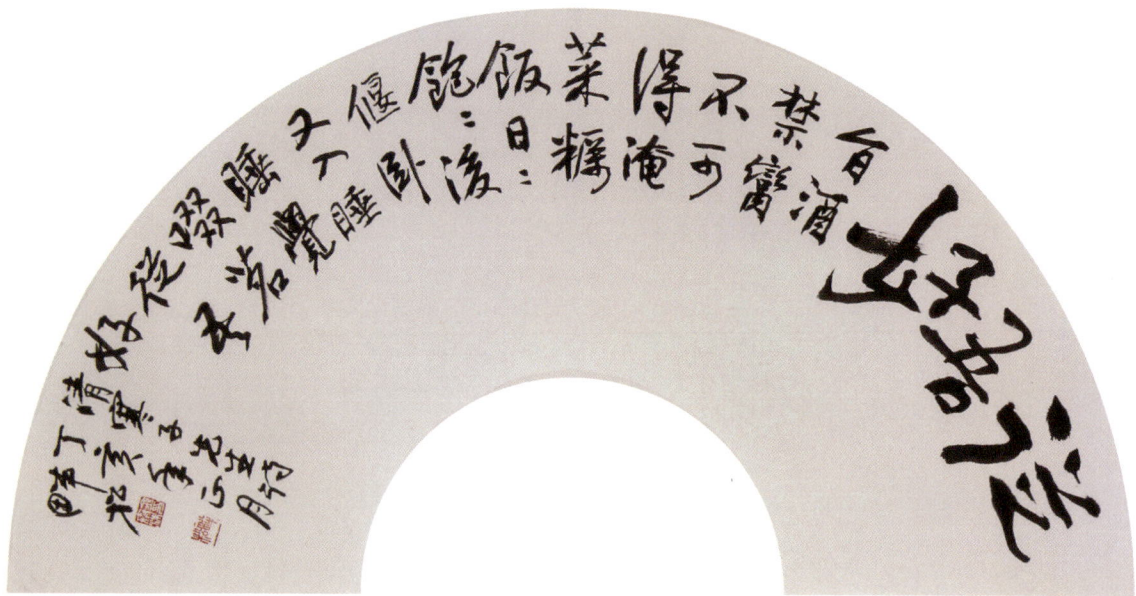

戲爲五絶 52×26cm

戲爲五絕

장난삼아 다섯 절구를 짓다

旨酒禁臠不可得　　맛있는 술 좋은 고기야 얻을 수 없지마는
淹菜糲飯日日飽　　절인 나물에 거친 밥으로 날마다 배부르네
飽後偃臥又入睡　　배부른 뒤엔 드러누워 또 잠자고
睡覺啜茗從吾好　　잠이 깨면 차 마시며 내 좋은 대로 하리라　　<권14. 15>

戲(희)놀다. 희롱하다　旨(지)맛. 뜻　臠(련)저민고기　淹(엄)담그다. 적시다　菜(채)나물　糲(려)
현미　飯(반)밥　飽(포)배부르다　偃(언)눕다　睡(수)졸다. 자다　啜(철)마시다　茗(명)차 싹. 차
從(종)좇다. 따르다

旨酒(지주) 맛 좋은 술
禁臠(금련) 다른 사람이 맛을 볼 수 없는 물건(謂他人不得染指之物也 *염지染指-음식의 맛을 봄)
糲飯(여반) 현미밥. 거친 밥
偃臥(언와) 드러누움
睡覺(수각) 잠이 깸
從吾好(종오호) 자기가 좋아하는 대로 좇아서 함(종오소호從吾所好)

164

移家居图中 挖出藏卖卜筑 如就禅安内卷 望之色泡碟惜情 盾曲捲三十事 孤去孙世家知 北讶鸟爱自然 世生...

东峰先生诗一首
丙戌之秋常玉枝时松

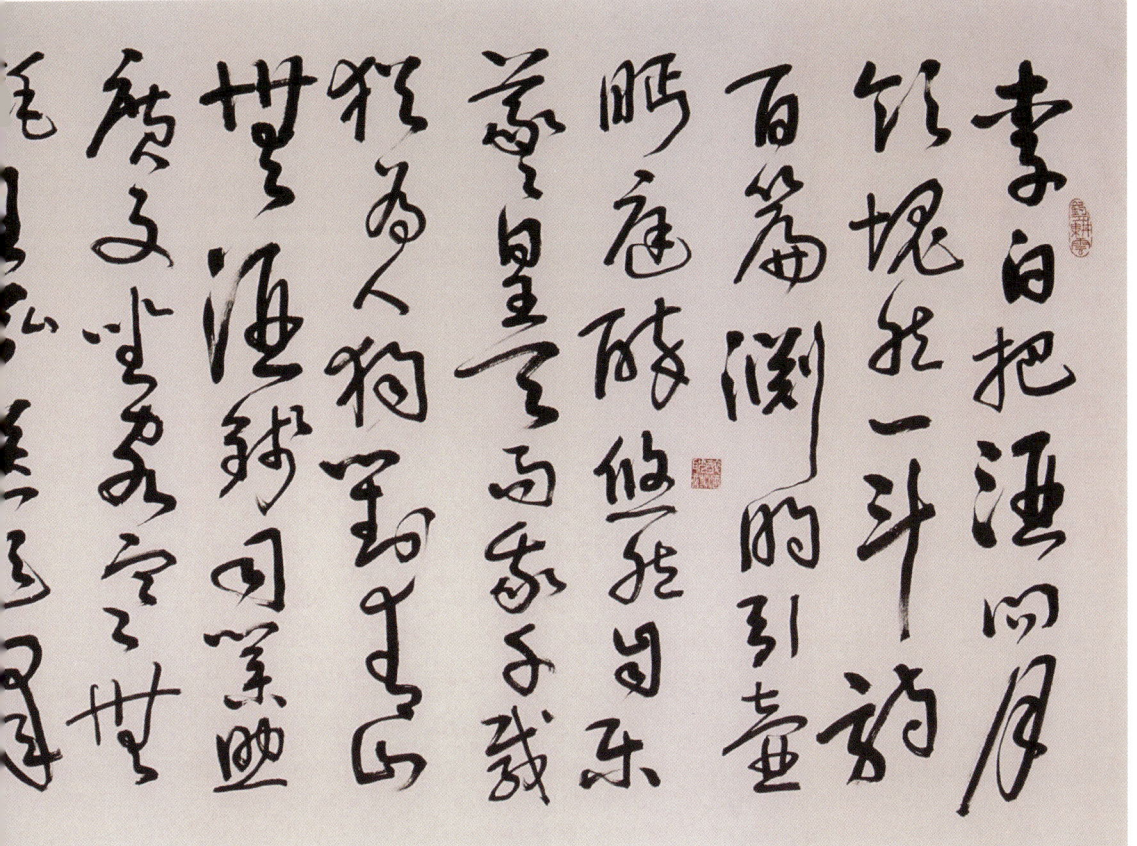

無酒　200×70㎝

166

無 酒
술이 없어서

李白把酒問月飮　　이 백은 술잔 잡고 달에 묻고 마시며
塊然一斗詩百篇　　편안히 한 말 술에 시가 백 편일세
淵明引壺眄庭醉　　도연명은 술병 끌어 뜰을 보며 취하며
悠然自樂羲皇天　　유연히 복희씨 세상을 스스로 즐겼네
而我千載猶爲人　　나는 오히려 천년 뒤 사람이건만
獨對靑山無酒錢　　홀로 청산을 대하며 술 마실 돈이 없네
司業助廣文　　　　사업은 광문을 도왔지만
坐客寒無氈　　　　앉은 손님 추워도 방석 하나 없었네
王弘送彭澤　　　　왕홍이 도연명에게 보낼 때에는
空坐菊花邊　　　　공연히 국화 가에 앉아 있었네
吾非請息交　　　　내 교제 끊기를 청한 것은 아니지만
自然絶世緣　　　　자연스레 세상 인연 끊어졌네
世我相矛盾　　　　세상과 내가 서로 모순되어
遨遊三十年　　　　삼십 년을 즐겁게 놀았네
無人過濁醪　　　　탁주 한잔 건네주는 사람 하나 없고
情悄如耽禪　　　　고요한 마음은 참선에 빠진 듯하네
安得盡捻書籍賣　　어떻게 서적을 다 뭉뚱그려 팔아서
卜築移家居酒泉　　터 잡아 집 옮겨 술에 묻혀 살 수 있을까　<권5. 2>

把(파)잡다　塊(괴)흙덩이. 덩이. 고독한 모양　壺(호)병　眄(면)곁눈질하다. 보다　悠(유)멀다. 생각하다. 한가하다　羲(희)복희　錢(전)돈　助(조)돕다　廣(광)넓다　氈(전)모전(솜털로 만든 요나 이불)　彭(팽)성. 땅이름　澤(택)못　息(식)숨쉬다. 쉬다. 그치다　緣(연)인연　矛(모)창　盾(순)방패　遨(오)놀다　濁(탁)흐리다　醪(료)막걸리　悄(초)근심하다. 고요하다　耽(탐)즐기다　禪(선)고요하다. 중　捻(념)비틀다. 손가락으로 집다　籍(적)문서. 서적　賣(매)팔다　築(축)쌓다. 집을 짓다　移(이)옮기다

李白(이백) 당唐의 시인(701～762). 자는 태백太白, 호는 청련靑蓮. 두보杜甫와 함께 시종詩宗이라 일컬으며 두보의 시풍이 사실주의寫實主義임에 비해 낭만주의浪漫主義 경향이 농후함
塊然(괴연) 홀로 있는 모양. 편안한 모양
悠然(유연) 침착하여 서두르지 않는 모양. 태도나 마음에 여유가 있는 모양
淵明(연명) 동진東晉의 시인 도잠陶潛의 자
羲皇(희황) 중국 태고太古때 복희씨伏羲氏의 존칭
千載(천재) 천년千年
酒錢(주전) 술 마실 돈. 술 값
司業助廣文(사업조광문) 司業과 廣文은 당나라 현종玄宗때 司業을 지낸 소원명蘇源明과 광문박사廣文博士를 지낸 정건鄭虔을 가리킴. 두보의 시 <희간정광문겸정소사업戱簡鄭廣文兼呈蘇司業>에 "……坐客寒無氈 近有蘇司業 時時與酒錢 ……근래 소 사업이 가끔 술과 돈을 보내주었네"이라는 시구詩句가 있다
彭澤(팽택) 도연명을 가리킴. 彭澤은 지명地名으로 한때 생계를 위하여 도연명이 이곳의 수령守令을 지냈으나 얼마 되지 않아 관직을 버리고 전원으로 돌아갔다
卜築(복축) 점을 쳐서 좋은 곳을 가려 집을 지음
息交(식교) 세상 사람과의 교제를 끊음
遨遊(오유) 재미있게 놂
濁醪(탁료) 막걸리. 탁주濁酒
安得(안득) 어떻게 ～할 수 있겠는가
酒泉(주천) 중국 감숙성甘肅省의 현縣 이름. 물맛이 술과 같은 샘이 솟아난다는 전설이 있다

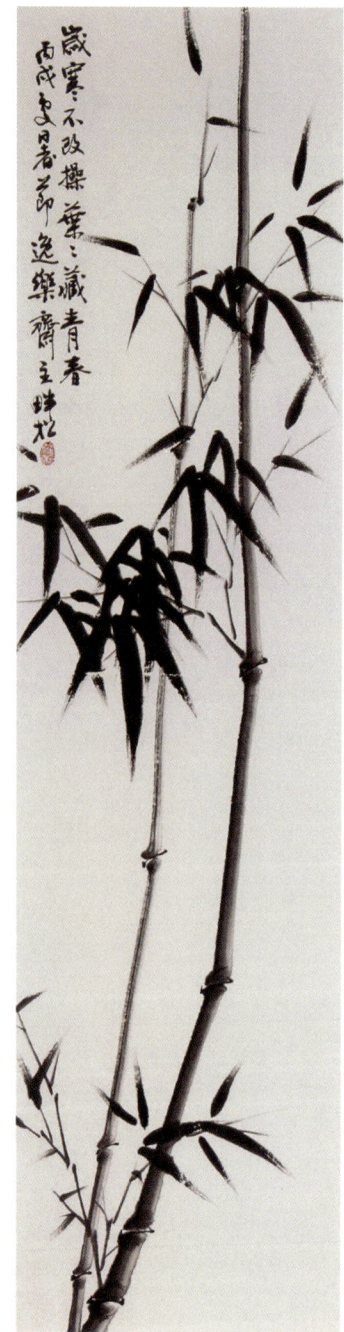

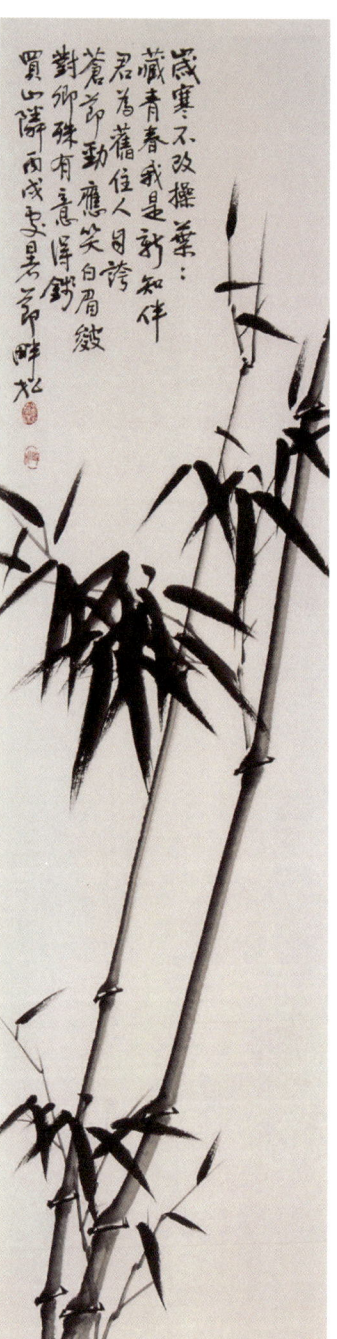

看竹 35×135㎝×2

看 竹

대를 보고

歲寒不改操	날씨 추워도 지조 변치 않아
葉葉藏靑春	잎마다 청춘을 간직했네
我是新知伴	난 새로 사귄 사이지만
君爲舊住人	그대는 예로부터 살던 분이네
自誇蒼節勁	스스로 푸른 마디가 굳셈을 자랑하며
應笑白眉皺	흰 눈썹 쭈그러진 걸 응당 웃으리라
對卿殊有意	그대를 대할 때마다 각별한 마음 있으니
得錢買山隣	돈 있으면 산을 사서 이웃하리라 <권5. 14>

操(조)잡다. 지조 藏(장)감추다. 저장하다 伴(반)짝 君(군)임금. 그대 誇(과)자랑하다 蒼(창)
푸르다 節(절)마디. 절개 勁(경)굳세다 應(응)응하다. 응당 ~하여야 한다 眉(미)눈썹 皺
(준)주름 卿(경)벼슬. 경 殊(수)죽다. 다르다 錢(전)돈 買(매)사다 隣(린)이웃

歲寒(세한) 추운 계절이 됨. 겨울. 역경. *세한조歲寒操－역경에도 굽히지 않는 굳은 지조
我是(아시) 나는 ~이다
君爲(군위) 그대는 ~이다
卿(경) 남을 높이어 부르는 말. 임금이 신하에 대하여 이르는 말

檀君民鼻祖太白
有靈蹤天眷立元
首神綏鼇大東干
年入斯達萬代判久
鴻濛好古跡躅
西山落照紅

東峯先生詩檀君廟
丁亥清明前三日畔松

檀君廟 70×70㎝

檀君廟

단군묘에서

檀君民鼻祖	단군왕검은 백성의 시조로
太白有靈蹤	태백산에 신령스런 자취 남겼네
天眷立元首	하늘이 보살펴 원수로 세우니
神綏釐大東	신인은 편안하게 우리나라를 다스렸네
千年入斯達	천년 동안 아사달로 들어가
萬代判鴻濛	기나긴 태초의 땅을 다스렸네
好古跰躕久	옛 것을 좋아해 머뭇거린지 오래더니
西山落照紅	서산에는 붉은 노을 떨어지네　<권9. 12>

檀(단)박달나무　廟(묘)사당　祖(조)조상. 할아버지　靈(령)신령　蹤(종)자취　眷(권)돌아보다. 돌보다　綏(수)편안하다　釐(리)다스리다　斯(사)이　判(판)판단하다. 나누다　鴻(홍)기러기. 크다　濛(몽)가랑비오다. 흐리다　跰(지)머뭇거리다　躕(주)머뭇거리다　照(조)비추다. 비치다

檀君(단군)　상고조선개국시조上古朝鮮開國始祖. ≪동국통감東國通鑑≫<외기外記>에 "帝堯氏帝天下二十有五年戊辰 檀君立焉 始都平壤 國號朝鮮 제요씨帝堯氏가 천하에 임금이 된 지 25년 무진년에 단군이 서서 비로소 평양에 도읍하고 국토를 조선이라 했다"라 하였다
鼻祖(비조)　처음으로 사업을 일으킨 사람. 원조元祖. 시조始祖. ≪정자통正字通≫에 "사람이 태어날 때에 코가 먼저 생기기 때문에 시조를 鼻祖"라 하였다
元首(원수)　한 나라를 대표하는 군주·임금·천자·제왕
神(신)　신인神人. 신통력神通力을 가진 사람
大東(대동)　우리나라를 일컫는 말. 동방의 큰 나라라는 뜻
阿斯達(아사달)　단군왕검檀君王儉이 평양성에서 다시 서울을 옮겼다는 전설상의 지명으로 평양부근의 백악산白岳山 또는 황해도 구월산九月山이라고도 한다
萬代(만대)　영구永久. 영원永遠
鴻濛(홍몽)　천지가 아직 나누어지기 이전의 상태. 천지자연의 원기元氣.
落照(낙조)　저녁 햇빛. 석양夕陽

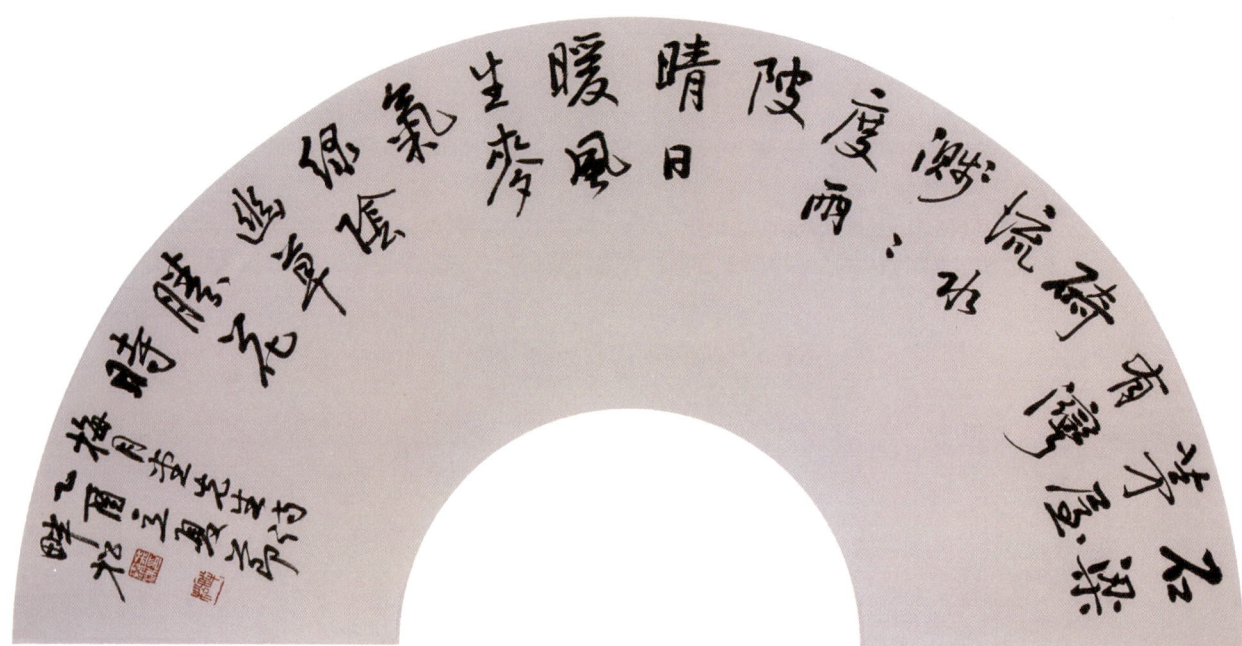

夏日 52×26㎝

夏 日

여름날

石梁茅屋有灣碕	띳집 앞 돌다리에 굽은 물굽이 있고
流水濺濺度兩陂	흐르는 물 급하게 양쪽 언덕을 넘어가네
晴日暖風生麥氣	맑게 갠 날 따뜻한 바람에 보리 기운 일고
綠陰幽草勝花時	녹음 우거진 풀이 꽃필 때 보다 낫네 <권3. 39>

梁(량)들보. 다리 茅(모)띠 灣(만)물굽이 碕(기)굽은 물가 濺(천)쏟아져 흐르다. 뿌리다 度(도)법도. 건너다(도渡) 陂(피)둑. 제방 暖(난)따뜻하다 麥(맥)보리 綠(록)푸르다 幽(유)그윽하다 勝(승)이기다. 낫다

濺濺(천천) 물이 빨리 흐르는 모양
暖風(난풍) 따뜻한 바람
麥氣(맥기) 보리밭 위에 불어오는 바람의 향기
綠陰幽草勝花時(녹음유초승화시) 여름철의 짙은 나무의 그늘과 무성한 풀의 경치는 봄의 꽃이 한창 필 때의 경치보다 나음. 勝은 '~보다 낫다'의 뜻

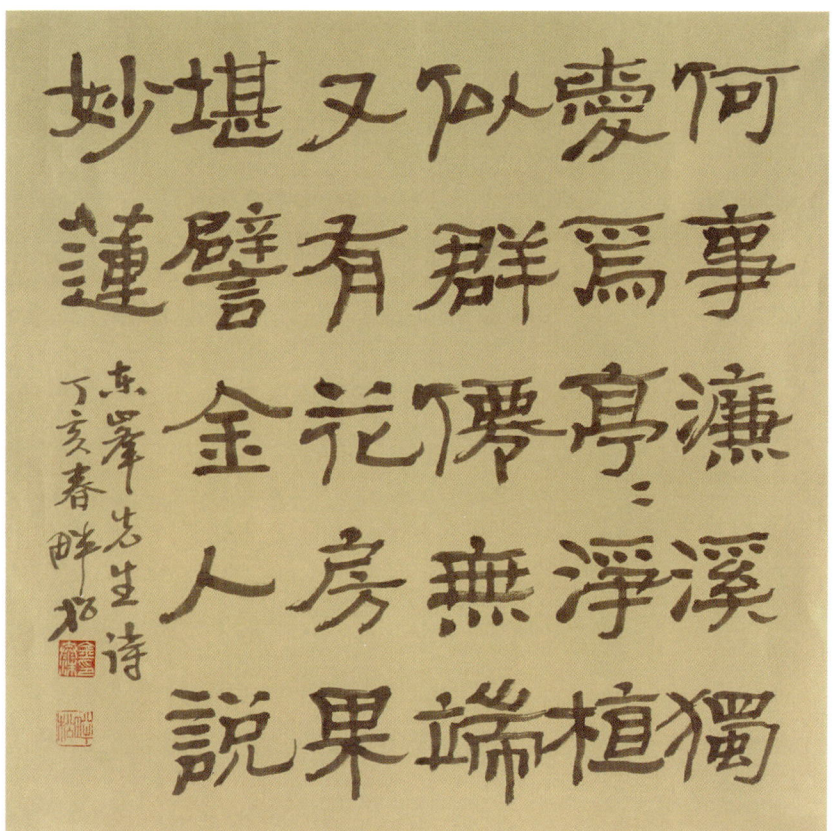

蓮房　35×35㎝

蓮 房

연밥 송이

何事濂溪獨愛焉	무슨 일로 염계는 오로지 이걸 사랑했나
亭亭淨植似群仙	뭇 신선처럼 곧고 깨끗하게 서 있음이네
無端又有花方果	끝없이 피던 꽃에 열매가 맺히니
堪譬金人說妙蓮	부처가 묘법연화를 말한 것에 비길만하네 <권5. 29>

蓮(련)연. 연밥 房(방)방 濂(렴)내 이름 焉(언)어찌. 어조사. 이(시是) 端(단)바르다. 끝. 실마리 方(방)모. 방위. 또한. 바야흐로 果(과)실과 堪(감)견디다 譬(비)비유하다 妙(묘)묘하다

蓮房(연방) 연밥이 들어있는 송이
濂溪(염계) 북송北宋 주돈이周敦頤(1017~1073)의 호, 자는 무숙茂叔. 연蓮을 사랑하여 군자에 비긴 <애련설愛蓮說>을 지었음
亭亭(정정) 우뚝솟은 모양. 아름다운 모양
淨植(정식) 깨끗이 섬
無端(무단) 끝이 없음. 까닭이 없음
金人(금인) 부처
妙蓮(묘련) 묘법연화경妙法蓮華經

深山布穀鳴燒火事春耕稼穡雖云苦安閑足可榮隴頭種蕎麥溪畔灌香秔个是幽居樂不知得此生

東峯先生詩春耕 丁亥清明節畔松

春耕 56×137㎝

春 耕
봄갈이

深山布穀鳴	깊은 산에서 뻐꾸기 울고
燒火事春耕	불 놓아 봄갈이 하네
稼穡雖云苦	곡식 심고 거두는 일 비록 고달프다지만
安閑足可榮	편안하고 한가하여 족히 영화롭네
隴頭種秀麥	언덕 위엔 잘 자란 보리가 펼쳐있고
溪畔灌香秔	시냇가에선 향긋한 벼에 물을 대네
个是幽居樂	이게 그윽한 데 사는 즐거움이니
吾知得此生	내 이러한 인생 얻었음을 알았네 <권3. 38>

耕(경)밭갈다　穀(곡)곡식　鳴(명)울다　燒(소)사르다　稼(가)심다　穡(색)거두다　云(운)이르다
榮(영)영화　隴(롱)밭두둑. 언덕　種(종)씨. 심다　秀(수)빼어나다　麥(맥)보리　畔(반)두둑　灌
(관)물대다　秔(갱)메벼　个(개)낱　幽(유)그윽하다

春耕(춘경) 봄갈이
布穀(포곡) 뻐꾸기. 布穀은 '뻐꾹' 새 소리의 음차音借이면서 '씨 뿌려라'는 의미가 있다
燒火(소화) 불에 태움. 불사름
稼穡(가색) 농작물을 심고 거두는 일. 농사
雖云苦(수운고) 비록 고되다고 이르다
安閑(안한) 편안하고 한가함
種秀麥(종수맥) 種은 펴지다(포布), 秀麥은 보기 좋게 자란 보리를 의미함
幽居(유거) 세상을 피하여 한적하고 궁벽한 곳에 삶
知得(지득) 서로 잘 앎

東嶺風初急　西峯月落時　禪心
唯寂寞　夜色轉清奇　露冷鴈聲磬
縈更深燈燼　垂枕涼無夢寐此
境有誰知

梅月軒先生詩夜坐記事
丙戌肇春醉松金泰洙

夜坐記事　58×162㎝

夜坐記事

밤에 앉아 있던 일

東嶺風初急	동쪽 고개에 바람 비로소 급하고
西峰月落時	서쪽 봉우리엔 달이 떨어질 때라
禪心唯寂寞	선하는 마음은 오직 적막하고
夜色轉淸奇	밤 빛은 더욱 맑고 기이하네
露冷鴈聲緊	이슬이 차니 기러기 소리 급하고
更深燈燼垂	밤이 깊으니 등잔 심지 가라앉네
枕凉無夢寐	베개는 차가워 꿈조차 못 꾸니
此境有誰知	이러한 처지 누가 알겠는가 <권1. 29>

嶺(령)고개. 재   急(급)급하다   禪(선)고요하다. 중   寂(적)고요하다   寞(막)쓸쓸하다   轉(전)구
르다. 더욱. 한층 더   奇(기)기이하다   冷(냉)차다   鴈(안)기러기   緊(긴)얽다. 급하다. 요긴하다
更(경)고치다. 시각   燈(등)등불   燼(신)깜부기불. 타다 남은 것   垂(수)드리우다   凉(량)서늘하
다   寐(매)잠자다   境(경)지경   誰(수)누구

記事(기사) 사실을 그대로 적음
禪心(선심) 적정寂定의 마음을 禪이라함
寂寞(적막) 고요하고 쓸쓸함
夢寐(몽매) 잠을 자며 꿈을 꿈
更深(경심) 밤이 깊다. 更은 밤 시각의 칭호. 하룻밤을 초경初更·이경二更·삼경三更·사경四
更·오경五更으로 나눈다
此境(차경) 이러한 경지境地. 경지는 현재의 환경·처지·심경

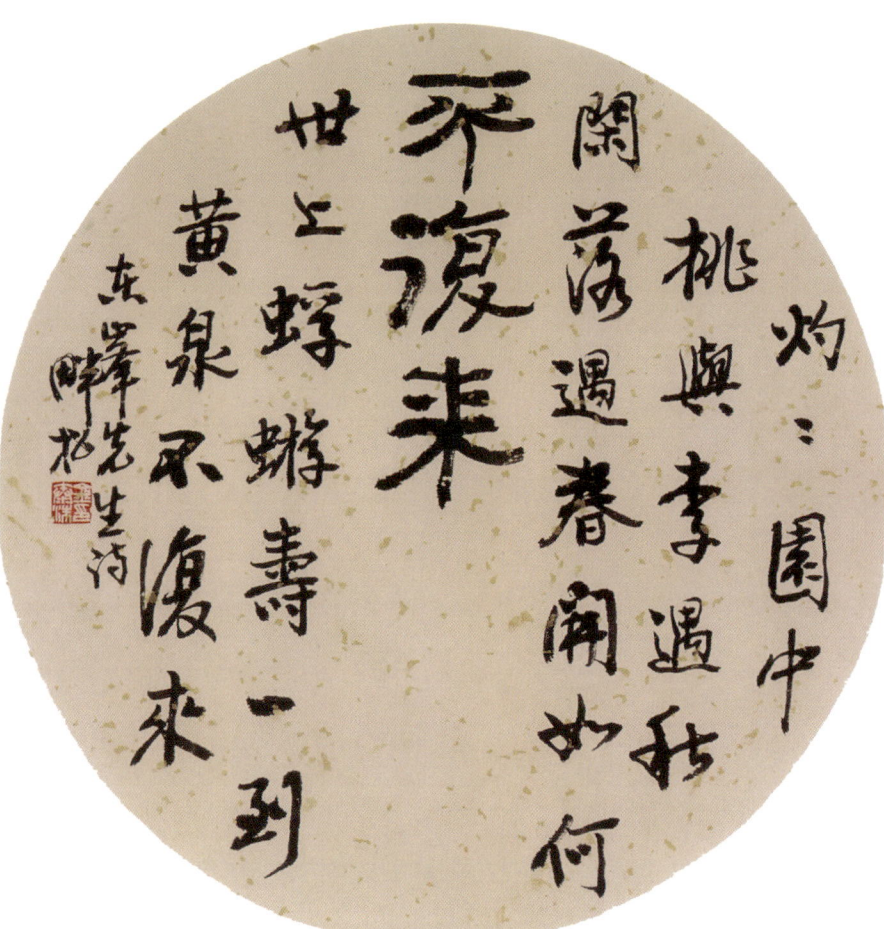

灼、園中桃與李遇秋閑落遇春開如何天復来世上蜉蝣壽一到黄泉不復來

左峰先生詩
畔松

挽詞 27×27㎝

挽　詞
만　사

灼灼園中桃與李　　밝고 밝은 동산의 복숭아와 오얏 꽃은
遇秋閑落遇春開　　가을에 떨어졌다 봄이면 피어나는데
如何世上蜉蝣壽　　어찌하여 세상의 하루살이 같은 목숨은
一到黃泉不復來　　한번 황천에 가면 다시 오지 못하는가　<권7. 5>

挽(만)당기다. 끌다　詞(사)말. 글. 고하다　灼(작)사르다. 밝다. 성한 모양　園(원)동산　桃(도)복숭아　李(리)오얏. 성　遇(우)만나다　復(부)다시　蜉(부)하루살이　蝣(유)하루살이　復(부)다시

挽詞(만사) 만장挽章과 같으며 죽은 사람을 애도哀悼하는 詩
灼灼(작작) 꽃이 만발한 모양. 빛나는 모양
如何(여하) 어찌하여
蜉蝣(부유) 하루살이. 인생의 덧없음을 비유하는 말. *부유지명蜉蝣之命－하루살이의 목숨. 곧 인생의 짧음을 비유
黃泉(황천) 저승. 땅 밑의 샘

尖峯高插漢異境闊神藏雲
捲干巖靜花開一澗香烟霞浮
靄巑松檜鄉響濤涼絕頂非人世
憑虛試水望

梅月坪先生詩遊天磨山
丁亥三秋吉日畔松

遊天磨山 56×137㎝

遊天磨山

천마산에서 놀며

尖峰高挿漢	뾰족한 봉우리 높아 은하수에 꽂히고
異境閟神藏	기이한 경계는 신비로움 그윽이 간직했네
雲捲千巖靜	구름 걷히자 모든 바위 고요하고
花開一澗香	꽃이 피니 산골 물 향기나네
煙霞浮靉靆	연기와 놀은 구름처럼 떠 있고
松檜響凄凉	소나무와 전나무 처량하게 울리네
絶頂非人世	산꼭대기는 인간세상 아니리니
憑虛試欲望	허공에 기대어 멀리 바라보리라　<권9. 6>

磨(마)갈다　尖(첨)뾰족하다　挿(삽)꽂다　閟(비)으슥하다. 신비롭다　藏(장)감추다·간직하다
捲(권)말다　巖(암)바위　澗(간)산골물　霞(하)놀　浮(부)뜨다　靉(애)구름끼다. 모호하다　靆
(체)구름끼다　檜(회)노송나무　響(향)울리다　凄(처)바람차다. 차다　凉(량)서늘하다. 슬퍼하다
頂(정)정수리. 꼭대기　憑(빙)기대다

天磨山(천마산) 경기도 개풍군開豐郡 영북면嶺北面에 있는 산. 기슭에 박연폭포朴淵瀑布가 있음
漢(한) 은하수銀河水
異境(이경) 기이한 지경地境
神藏(신장) 비밀히 간직함
靉靆(애체) 구름이 길게 뻗친 모양
松檜響(송회향) 소나무와 전나무를 스쳐 지나가는 바람의 소리
煙霞(연하) 연기와 놀. 산수의 경치
凄凉(처량) 마음이 구슬퍼질 정도로 쓸쓸함
絶頂(절정) 산의 맨 꼭대기. 사물의 정점頂點
憑虛(빙허) 허공을 탐. 기상氣象이 큼을 이름
試(시) 시험삼아 ~해 보다

題壁　137×137㎝

題 壁

벽에 쓰다

水落山中尋古寺	수락산 속 옛 절을 찾아
前年掛錫又今年	지난해 머물고 올해 또 머무네
頭邊日月跳丸過	머리 위의 해와 달은 뛰는 탄환 지나가듯 하고
眼底星霜飛鳥遷	눈 속의 별과 서리는 나는 새처럼 옮겨 가네
破屋何妨容此幻	허물어진 집에 어찌 이 허깨비를 멀리하겠으며
淡餐且可樂吾天	담박한 음식 또한 내 천성을 즐길만하네
興來支杖經行處	흥이 오면 지팡이 짚고 나다니는 곳엔
風樹鳴蜩咽似絃	바람부는 나무에서 매미는 거문고 타듯 흐느끼네 <권3. 27>

壁(벽)벽   尋(심)찾다   掛(괘)걸다   錫(석)주석. 지팡이   邊(변)가   跳(도)뛰다   丸(환)둥글다.
탄알   底(저)밑   遷(천)옮기다   破(파)깨드리다   妨(방)방해하다   幻(환)변하다. 미혹하다. 요술.
허깨비   淡(담)묽다. 담박하다   杖(장)지팡이   餐(찬)먹다. 음식   蜩(조)매미   咽(인)목구멍. 목
메다   絃(현)줄. 현악기(타다)

掛錫(괘석) 순행巡行하던 중이 석장錫杖을 걸어둔다는 뜻으로, 중이 한 곳에 머무름을 이름.
*錫杖 - 도사나 중이 짚는 지팡이. 위에 여러 개의 쇠고리를 달아 소리가 나게 되어 있음
日月(일월) 해와 달. 세월
眼底(안저) 눈 속. 안중眼中. 마음 속
跳丸(도환) 구슬을 가지고 노는 유희. 빨리 가는 세월의 비유
星霜(성상) 별과 서리. 세월. 세성歲星은 12년에 하늘을 일주하고 서리는 매년 내리는 데서 세
월을 이름
파옥(破屋) 허물어진 집
經行(경행) 돌아다님. 좌선 중에 졸음이 올 때 일정한 장소를 도는 일
鳴蜩(명조) 우는 매미

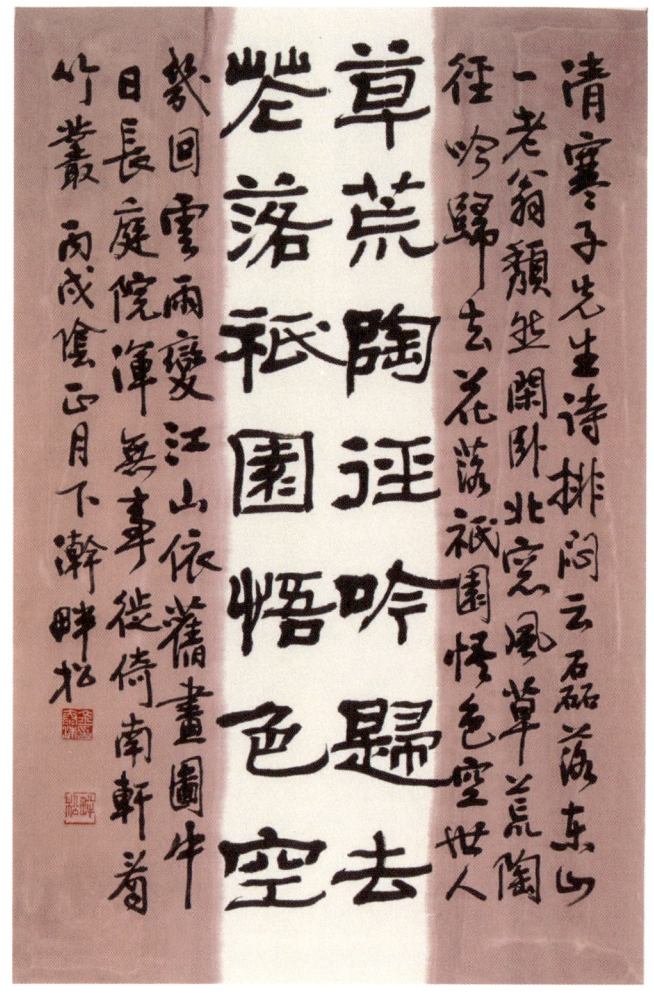

排悶 47×70㎝

磊落東山一老翁	구애받지 않는 동쪽 산의 한 늙은이가
頹然閑臥北窓風	힘없이 바람부는 북창에 한가롭게 누워
草荒陶徑吟歸去	도경에 풀 거칠어서 귀거래사 읊고
花落祇園悟色空	기원에 꽃이 지니 색공을 깨달았네
人世幾回雲雨變	이 세상 몇 번이나 구름과 비처럼 변했던가
江山依舊畫圖中	강산은 옛날 그대로 그림속이네
日長庭院渾無事	해는 긴데 뜰에는 아무 일 없어
徙倚南軒看竹叢	남쪽 마루 서성이며 대숲을 보네 <권1. 14>

排 悶

답답함을 떨치며

排(배)밀치다. 물리치다 悶(민)번민하다 磊(뢰)돌무더기. 뜻 크다 翁(옹)늙은이 頹(퇴)기울어지다. 무너지다 荒(황)거칠다 陶(도)질그릇. 성 徑(경)지름길 吟(음)읊다 祇(기)땅 귀신. 편안하다 園(원)동산 悟(오)깨닫다 幾(기)얼마. 몇 變(변)변하다 院(원)집. 담. 정원 渾(혼)흐리다. 모두 徙(사)옮기다 倚(의)의지하다 叢(총)모이다

排悶(배민) 마음 속의 번민을 떨쳐버림
磊落(뇌락) 마음이 활달하여 작은 일에 구애하지 않는 모양.
頹然(퇴연) 힘이 없는 모양. 술에 취해 몸을 가누지 못하는 모양
陶徑(도경) 도연명의 삼경三徑. 三徑은 은자의 뜰. 한漢의 장후蔣詡가 뜰에 작은 길 세 개를 내고 송松·죽竹·국菊을 심었다는 고사에서 유래함
歸去(귀거) 귀거래사歸去來辭. 진晉의 도잠陶潛이 구차스런 벼슬을 버리고 전원田園으로 돌아가서 유유자적悠悠自適한 전원을 낙樂으로 그린 글
祇園(기원) 절. 사찰. 인도 마갈타국의 기타태자祇陀太子가 소유한 동산. 수달장자須達長者가 이 동산을 사서 석가釋迦를 위하여 절, 곧 기원정사祇園精舍를 세웠음
徙倚(사의) 왔다갔다함. 잠깐 들름. 배회함
色空(색공) 유형有形이 色이며 무형無形이 空이다. ≪반야심경般若心經≫에 "色不異空 空不異色 色卽是空 空卽是色 색이 공과 다르지 않고 공이 색과 다르지 않으니 색이 바로 공이요, 공이 바로 색이다"라고 하였다. 空은 불교에서 사리事理의 마지막을 이르며, 곧 천태종天台宗에서 일체의 법을 크게 깨달은 최상의 자리를 말함
幾回(기회) 몇 번. 몇 차례
依舊(의구) 옛에 의거함. 옛대로 함
庭院(정원) 정원庭園. 집안의 뜰

草盛豆苗稀
풀이 무성해 콩싹이 드물다

我有數畝田	나에게 몇 이랑 밭이 있는데
高下依巖碕	높고 낮은 바위 언덕에 의지하였네
種豆蕪不治	콩 심고 잡초를 매지 않았더니
草盛豆苗稀	풀이 무성해 콩싹이 드므네
仰天歌嗚嗚	하늘 우러러 노래 부르며
靜言思古人	조용히 옛 사람을 생각하네
人生行樂耳	인생은 즐겁게 지낼 뿐인데
富貴勞我身	부귀가 내 몸을 피로케 하네
我身勿復慮	내 몸을 다시 생각하지 말아야지
否泰在蒼旻	잘되고 못됨은 푸른 하늘에 달려있네
衆人正啁嘐	여러 사람 참으로 떠들고 지껄이나
世我相矛盾	세상과 나는 서로 어긋나니
細和淵明詩	도연명의 시에 자세히 화답하여
乘化以歸盡	조화를 타고 돌아가 다하리라 <권2. 32>

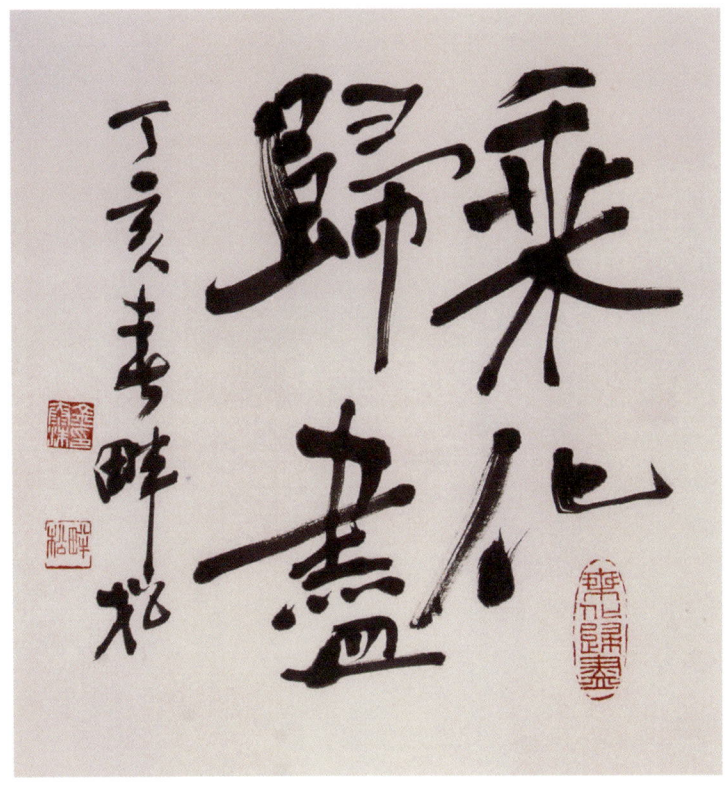

草盛豆苗稀 35×35㎝

盛(성)담다. 성하다　豆(두)콩　苗(묘)싹　稀(희)드물다　數(수)셈. 두어　畝(묘)이랑　依(의)의
지하다　巖(암)바위　磻(기)굽이진 언덕. 벼랑　蕪(무)거칠다　仰(앙)우러르다　嗚(오)탄식하다
慮(려)생각하다　否(부)아니다　(비)막히다　泰(태)크다. 편안하다　蒼(창)푸르다　旻(민)하늘　啁
(주)새소리　嘐(초)새소리　矛(모)창　盾(순)방패　淵(연)못　乘(승)타다

嗚嗚(오오) 노래 부르는 소리. 슬픈 소리 형용
靜言(정언) 言은 어조사
行樂(행락) 잘 놀고 즐겁게 보냄. 유쾌히 날을 보냄
否泰(비태) 否와 泰는 ≪주역周易≫의 괘卦로 막힘과 통함. 불운과 행운을 뜻함
蒼旻(창민) 푸른 하늘
啁嘐(주초) 새가 지저귀는 소리
矛盾(모순) 앞뒤가 서로 어긋나 맞지 않음
細和(세화) 자세하게 화답和答(시가詩歌에 대하여 응답應答함) 또는 화운和韻(남이 지은 운자
韻字를 써서 답시答詩를 지음)함
淵明(연명) 동진東晉의 자연시인 도잠陶潛의 자字
乘化以歸盡(승화이귀진) 조화造化를 타고 돌아가 일생을 마침

清陰羃羃布庭除綠樹
楚人畫夢餘洞裏春風以
相識就床以落讀殘書

他家忙亂我安然說興
傍人是世仙開户日長春
窗窗陶詩一卷枕屏邊

山染嵐光帶日黃柴門
空掩竹間房世間安樂為
情福聊為煎茶一椀淋

春草秋風老此身白雲
紅樹好為隣分明記得曾
川云水遠山長愁殺人

右清寒子先生居金鼇山集句百咏中
九首也先生雪夜擁爐窗無恐音風
竹蕭騷有起予之趣因與山童撥灰
書字集古人句云丙戌冬畔松

亂山搜搜水洄洄卧對寒
松手自栽老我十年枯
淡過可人攜手說敲推

風攪簷鈴三雨聲庠無
人語紙窗明半宵不記
山中睡只有春風喚得醒

杜鵑花落石闌干雲雲
虛堂望眼寬畫日閒看花
不語半窗微雨看青山

危窗窗上月徘徊我亦無
詩奈此梅賴得月明兩
瘦影就中描得一枝來

簷影重三壓小闌竹雲孤
木件身閒愛香凜凜霜

山居集句 13×35㎝×10

山居集句
산에 있으면서 집구하다

亂山擾擾水洄洄　　산마다 낙엽은 어지럽고 물은 휘감아 도는데
臥對寒松手自栽　　손수 심은 차가운 솔을 마주해 눕네
老我十年枯淡過　　나의 노년 열 해는 고담하게 지나고
可人携手話敲推　　좋은 이와 함께 퇴고나 하리라　<권7. 6>

風擺簷鈴三兩聲　　바람이 처마 방울 흔드니 두어번 소리나고
寂無人語紙窓明　　사람의 말이 없어 적막하고 종이창은 밝구나
半宵不記山中睡　　한밤중 산 속에서 잠잔 기억은 없는데
只有春風喚得醒　　다만 봄바람이 깨어 있으라고 부르네　<권7. 7>

杜鵑花落石闌干　　진달래꽃 돌난간에 떨어지니
處處虛堂望眼寬　　곳곳마다 텅 빈 집을 바라보는 눈이 편안하네
盡日問花花不語　　종일 꽃에 물어도 꽃은 말이 없고
半窓微雨看青山　　보슬비 내리는 창가에서 푸른 산을 보네　<권7. 7>

紙窓窓上月徘徊　　종이창 창가에 달이 머뭇거리니
我欲無詩奈此梅　　내 시 짓지 않고자 하나 이 매화 어찌하리
賴得月明留瘦影　　밝은 달에 의지해 여윈 그림자를 남기니
就中描得一枝來　　그 가운데서 한 가지만 묘사하리라　<권7. 7>

簷影重重壓小闌　　처마 그림자 겹겹이 작은 난간 눌렀고
片雲孤木伴身閑　　조각구름과 외로운 나무는 나와 짝해 한가하네
要看凜凜霜前意　　매서운 서리와 맞선 뜻을 보려거든
窓外新添竹數竿　　창 밖에 새로 돋은 몇 개의 대가지라네　<권7. 7>

春草秋風老此身　봄풀과 가을바람에 이 몸이 늙어가니
白雲紅樹好爲隣　흰 구름 붉은 나무와 좋은 이웃 되었네
分明記得曾行處　분명히 전에 갔던 곳임을 기억하지만
水遠山長愁殺人　물은 멀고 산은 깊어 사람을 근심케 하네　<권7. 8>

山染嵐光帶日黃　아지랑이 물든 산은 누런 햇살 두르고
柴門空掩竹間房　사립문은 공연히 대 사이의 방을 가렸네
世間安樂爲淸福　세간에서는 안락을 청복이라 여기지만
聊爲煎茶一據牀　오로지 차 끓이고자 한번 평상에 앉았네　<권7. 9>

淸陰羃羃布庭除　서늘한 그늘 음산하게 뜰에 퍼졌는데
綠樹無人晝夢餘　푸른 나무에 사람 없어 낮 꿈도 넉넉하네
洞裏春風似相識　골짝의 봄바람도 서로 아는 듯
就床吹落讀殘書　책상에 불어와 읽다 남은 책을 떨어뜨리네　<권7. 16>

他家忙亂我安然　다른 집은 바쁘지만 내 마음은 편안한데
說與傍人是地仙　옆 사람과 말을 하니 지상의 신선이라네
閉戶日長春寂寂　문 닫으니 해는 길고 봄기운은 적적한데
陶詩一卷枕屛邊　도연명의 시 한 권 머릿병풍 가에 있네　<권7. 17>

擾(요)어지럽다　洄(회)거슬러올라가다　臥(와)눕다　栽(재)심다　枯(고)마르다　携(휴)끌다　敲(고)두드리다　推(퇴)밀다　擺(파)열다　簷(첨)처마　鈴(령)방울　寂(적)고요하다　宵(소)밤　睡(수)자다　只(지)다만　喚(환)부르다　醒(성)깨다. 술 깨다　杜(두)아가위. 막다　鵑(견)두견이　闌(란)가로막다. 난간　眼(안)눈　寬(관)너그럽다　微(미)작다. 가늘다. 은미하다　徘(배)노닐다　徊(회)노닐다　奈(내)어찌　賴(뢰)믿다. 힘입다　留(류)머무르다　瘦(수)파리하다. 여위다　描(묘)그리다　壓(압)누르다　伴(반)짝　要(요)구하다. 원하다　凜(름)차다　添(첨)더하다　竿(간)장대　隣(린)이웃　記(기)기록하다. 기억하다　曾(증)일찍　愁(수)근심　染(염)물들이다　嵐(람)아지랑이. 남기　帶(대)띠. 띠다　柴(시)섶　掩(엄)가리다　聊(료)애오라지. 한갓　煎(전)달이다　據(거)의지하다. 기대다. 웅거하다　牀(상)평상. 침상　冪(멱)덮다　布(포)펴다　除(제)섬돌. 문안뜰. 버리다　洞(동)골. 골짜기　裏(리)속　似(사)같다　吹(취)불다　殘(잔)해치다. 쇠잔하다. 남다　忙(망)바쁘다　傍(방)곁　閉(폐)닫다　陶(도)질그릇. 성　卷(권)책권　屛(병)병풍. 막다　邊(변)가

集句(집구) 한시체漢詩體의 하나. 옛 사람이 지은 구句를 모아 새로 시를 만듦, 또는 그 시
亂山(난산) 높고 낮게 어지럽게 우뚝 우뚝 솟아 있는 산
擾擾(요요) 어지러운 모양. 시끄러운 모양
洄洄(회회) 물이 흐르는 모양
枯淡(고담) 욕심이 없고 담담함
可人(가인) 좋은 사람
携手(휴수) 함께 감
推敲(퇴고) 글을 지을 때 자구字句를 다듬어 고치는 일. 당唐의 시인 가도賈島가 '僧敲月下門 중이 달 아래 문을 두드리다'의 시구를 얻어 推로 할까 敲로 할까 골똘히 궁리하다가 당시 문장가 한유韓愈의 의견에 따라 敲로 했다는 고사에서 유래함
半宵(반소) 한밤중

杜鵑花(두견화) 진달래꽃

處處(처처) 곳곳

微雨(미우) 가랑비. 이슬비

徘徊(배회) 노닒. 천천히 이리저리 왔다 갔다 함

就中(취중) 그 가운데서

重重(중중) 같은 것이 겹치는 모양

片雲(편운) 한 조각의 구름. 조각구름

凜凜(늠름) 추위가 매우 심함

山長水遠(산장수원) 산수가 멀리 이어진다는 뜻으로 '멀리 떨어져 있음'을 비유함

嵐光(남광) 산기山氣가 김처럼 올라 빛나는 모양

柴門(시문) 사립문

淸福(청복) 청한淸閑한 복. 좋은 복

世間(세간) 세상

煎茶(전다) 차를 다림

淸陰(청음) 서늘한 그늘

冪冪(멱멱) 구름 같은 것이 덮여 있는 모양. 음산한 모양

庭除(정제) 뜰. 마당

安然(안연) 마음 편히 노는 모양. 안심한 모양

地仙(지선) 지상地上에 사는 선인. ≪천은자天隱子≫에 "在人謂之人仙 在天曰天仙 在地曰地仙 在水曰水仙 能通變之曰神仙 인간에 있는 것을 인선이라 하고, 천상에 있는 것을 천선이라 하고 지상에 있는 것을 인선이라 하고 수상에 있는 것을 수선이라 하고 능히 통변하는 것을 신선이라 한다"고 하였다

寂寂(적적) 외롭고 쓸쓸한 모양

陶詩(도시) 동진東晋 말末 도잠陶潛의 시. 陶潛(365~427)은 자는 연명(淵明)

枕屛(침병) 머릿병풍

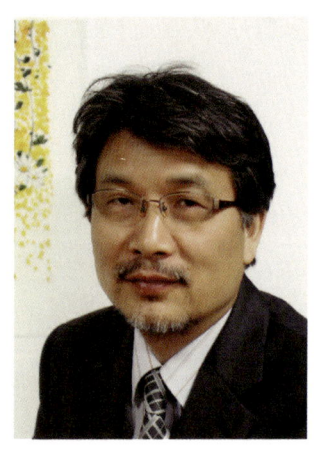

김 태 수   金 泰 洙

반송畔松 · 일락재逸樂齋

1957년 전북 부안출생
단국대학교 한문교육과 졸업
동대학원 한문학과 박사과정수료
서울중동고등학교 한문교사(전)
계명대 중앙대 등 강사 역임
한국서예협회 초대작가
대한민국서예대전 심사위원역임
개인전(2004년 백악미술관)
한국서예협회 이서회
한국서예가협회 한국서예포럼회원
반송서예대표
단국대(한문학과)
명지대(미술사학과)
서울교대(미술과) 출강

서울시 종로구 낙원동 94번지 태종빌딩 404호
02) 747 - 1785   011) 493 - 1714
e - mail : kimbansong@hanmail.net

매월당서
서예산책

- 초판 인쇄   2008년 6월 16일
- 초판 발행   2008년 6월 16일

- 지 은 이   김태수
- 펴 낸 이   채종준
- 펴 낸 곳   한국학술정보㈜
            경기도 파주시 교하읍 문발리 513-5
            파주출판문화정보산업단지
            전화   031) 908-3181(대표) · 팩스   031) 908-3189
            홈페이지 http://www.kstudy.com
            e-mail(출판사업부)   publish@kstudy.com
- 등   록   제일산-115호(2000. 6. 19)
- 가   격   30,000원

ISBN   978-89-534-8600-3 93810 (Paper Book)
       978-89-534-8601-0 98810 (e-Book)